「我們應把上帝的話——聖經，視為至高無上的哲學。」
——大科學家　牛頓

# 聖經大智慧

林郁　主編

本書係由梁工教授《聖經珍言》
重新排版編輯的最新版本

# 致讀者

日本有一部《英文引用句辭典》，全書共八五一頁，介紹了一六八種作家或作品被後人引用的情況。根據這部辭書，被引用最多的是《聖經》，介紹的篇幅達三九九頁；其次是莎士比亞，篇幅是二一七頁；其餘還有一六六種，篇幅總共二三五頁。另有一部《當代英文成語詞典》，收有一系列源於《聖經》的英文成語，數目多達四七五條。

這些材料表明，《聖經》的詞句和語匯，早已滲入一些民族的語言和日常生活中，成為其民族文化的重要組成部分。

《聖經》何以具有如此巨大的魅力？筆者認為，原因在於它不僅是基督教的經典，還是一部內涵豐富、意蘊精深的百科全書式巨著。基督教新教的《聖經》又稱《新舊約全書》，由《舊約》和《新約》連綴而成，共六六卷；天主教的《聖經》另加《後典》（即《次經》）十五卷，共計八十一卷。

它們陸續產生於西元前十世紀至西元二世紀，多方面記載了古代巴勒斯坦地區的經濟、政治、軍事、文化、思想狀況，收錄了宗教、法律、倫理、文學、史學、哲學、民俗、音樂、美術、天文、地理、生物等大量材料，並載有精闢繁詳的箴言警句——它們被一代又一代人自覺地引為指導言論和行為的規範。

近兩千年來，在遍及全球的基督教世界，無數讀者受《聖經》的哺育而成長為不同凡響的卓越人物。

美國第六任總統亞當斯說——

**《聖經》是知識與德行的無價寶藏，取之不盡，用之不竭。**

另一位美國總統林肯認為——

**沒有《聖經》，我們就不能明辨是非。**

歷史學家H・G・威爾斯說——

**《聖經》是把西方文明的結構合攏在一起的書，……如果沒有《聖經》，我們的文明不可能產生，也不可能維繫下去。**

醫學家W・麥瑤稱——

**無論境遇如何——或患病或健康——世人總能從《聖經》中得到安慰和有益規勸。**

教育家T・德韋特說——

**在這個狹隘的世界裡，《聖經》正如一道窗，透過它，人們可以看見永恆。**

文學家列夫・托爾斯泰認為——

**沒有《聖經》，就不可能教育孩童。**

藝術家W・柯普爾感歎道——

**《聖經》的每一頁……都莊嚴得像永恆的太陽，它的光照耀著每一世代，只賜予人類而從不索取。**

然而，由於《聖經》傳入中國的時間較晚，由於基督教文化對中國歷史和現實的影響不大，還由於其他種種原因，大多數中國讀者對這部世界文化史上少有的巨著還缺乏深入的了解。編寫本書就是為了疏通一條管道，使我國讀者對《聖經》（乃至深受《聖經》影響的西方文化）有較多的瞭解和較全面的認識，並進而從中獲得某些有益的借鑒：或以《聖經》成語豐富我們的文學創作，或以《聖經》格言啟迪我們的言行舉止。

當然，由於《聖經》不可避免地留有歷史的局限性，閱讀時務必持冷靜分析的態度，取其精華，棄其糟粕，這是自不待言的。

本書由「語典」和「格言」兩部分構成。「語典」收入流傳較廣的成語典故五輯，共二七四條，大致依其在《聖經》中出現的先後次序排列。每條先介紹某成語的經文背景，再說明其本義、引申義或比喻義。「語典」不同於「事典」，一般得自某一語詞（如「福音」、「復活」、「背起十字架」），而不來自某段故事（如「該隱殺弟」、「最後的晚餐」）。本書未收「事典」。「格言」分為七篇——「智慧篇」、「善惡篇」、「言行篇」、「修養篇」、「家庭篇」、「交往篇」、「傳道篇」和「百議篇」，共九〇四條。

它們貫注著歷代《聖經》作者對宇宙、人生和社會的深湛思考，飽含著猶太教和基督教哲人為人處世的豐富經驗，處處閃射出希伯來式智慧的理性之光。

# 目錄 CONTENTS

# 上篇

# 語　典

# ・第一輯・

（源自《創世記》至《以斯帖記》）

## ✝上帝看著是好的

源自《創世記》第1章12、18、25節。據載，在創造天地的日子裡，上帝命令地上長出青草、蔬菜和樹木，地上就立即長出各種植物，於是「上帝看著是好的」；上帝讓天上出現兩個大光，天上果然有了太陽和月亮，因而「上帝看著是好的」；上帝讓地上生長牲畜、昆蟲和野獸，各類動物便馬上出現，因此「上帝看著是好的」。此語原指上帝對自己所造的一切都非常滿意，後來西方人對某件事大加讚賞時，也說該事「上帝看著是好的」。

## ✝照著上帝的形象造人

源自《創世記》第1章26、27節。據載，萬物初創的第六天，上帝造出牲畜、爬蟲和野獸，然後說：「我們要照著我們的形象，按著我們的樣式造人，叫他們管理海裡的魚、空中的鳥和地上的爬蟲牲畜。」於是，上帝就照著自己的形象造人，造了男人，也造了女人。按照此說，人類與上帝的形象完全一致。後人以「照著上帝的形象造人」喻指「形神兼具，惟妙惟肖」，並說明「人類具有上帝的德性」。

## ✝伊甸園

源自《創世記》第2、3章。創世之初，耶和華上帝在東方的伊甸立了一個園子，園中長有各種樹木，樹上結有可食的果子，四條河穿園而過，分別稱作比遜、基訓、希底結和伯拉河。園子當中有一棵生命樹，還有一棵智慧樹。耶和華把祂創造的人類始祖亞當、夏娃安置在園中，讓他們管理園子，但吩咐他們不可吃智慧樹上的果子。亞當、夏娃受到蛇的誘惑，違命偷吃了禁果，遭到上帝的詛咒和懲罰。上帝怕他們再偷吃生命樹上的果實而永遠活著，就把他們趕出伊甸園，又在園子東邊安設基路伯（一種天使）和四面轉動發火焰的劍，把守通往生命樹的道路。後來「伊甸園」成為「樂園」的代稱。

## ✝骨中之骨，肉中之肉

源自《創世記》第2章23節。上帝用地上的塵土造出第一個男人亞當，又在亞當沉睡時取下他的一根肋骨，造成一個女人夏娃。亞當見了夏娃，高興地說：「這是我的骨中之骨，肉中之肉。可以稱她為女人，因為她是從男人身上取出來的。」後人用「骨中之骨，肉中之肉」表示「骨肉至親」。

## ✝成為一體

源自《創世記》第2章24節。上帝造出第一個男人亞當後。又用亞當的肋骨造成一個女人夏娃，做亞當的配偶。亞當稱夏娃是骨中之骨，肉中之肉，說：「人離開父母後要與妻子連合，二人成為一體。」「成為一體」後成為描述夫妻關係的至理名言。耶穌講道時說：「既然如此，夫妻不再是兩個人，乃是一體的了，所以上帝配合的，人不可分開。」（太19：6，7）保羅也說：「人要離開父母，與妻子連合，二人成為一體。……你們各人都應當愛妻子，如同愛自己一樣；妻子也應當敬重她的丈夫。」（弗5：31，33）後世牧師為新郎新娘主持婚禮時，都說「上帝所配合的，人不可分開。」

## ✝無花果樹的葉子

源自《創世記》第3章7節。亞當、夏娃在伊甸園生活時，最初赤身露體卻不知羞恥。後來，蛇引誘夏娃吃智慧樹上的果子，夏娃吃了，又給她丈夫吃。二人吃後「眼睛明亮了，才知道自己是赤身露體的，便拿無花果樹上的葉子為自己編作裙子。」後來，「無花果樹的葉子」轉喻「遮羞布」。

## ✝必須汗流滿面地做某事

源自《創世記》第3章19節。夏娃因偷吃智慧樹上的果子而觸怒上帝，遭到上帝的嚴厲詛咒：「你必須終身勞苦，才能從地裡得吃的。地必給你長出荊棘和蒺藜，你要吃田間的菜蔬。你必汗流滿面才得餬口，直到你歸了土。」後人從中引出「必須汗流滿面地做某事」，說明「為辦成某件事必須使出九牛二虎之力，盡到最大的努力。」

## ✝比瑪土撒拉還要高壽

源自《創世記》第5章27節。據《聖經》載，大洪水之前的人類祖先都很高壽，瑪土撒拉九六九歲，雅列九六二歲，挪亞九五〇歲，亞當九三〇歲，塞特九一二歲，該南九一〇歲，以挪士九〇五歲，其中瑪土撒拉名居榜首，是首屈一指的老壽星。後世西方人以「比瑪土撒拉還要高壽」比喻「高齡長壽」，與我國成語「萬壽無疆」、「壽比南山」意近。

## ✝方舟

源自《創世記》第6至9章。上帝看到世人的罪惡越來越大，就心中憂傷，後悔當初不該造人。他決心發起洪水，毀滅這個世界。那時世上只有一個義人，名叫挪亞。上帝吩咐挪亞造一隻長三百肘、寬五十肘、高三十肘的方舟，分上、中、下三層，側面留出門和窗戶。上帝讓挪亞帶著妻子、兒子和兒媳進入方舟，並將每種動物各一對帶進去。一切準備就緒後，天降大雨，地湧奔泉，洪水四處泛濫起來。田園、樹木、高山都被淹沒了，一切生物都被淹死，只有方舟在大水上飄蕩。一五〇多天後，洪水逐漸消退，方舟停在亞拉臘山上。又過四十天，挪亞先後放出烏鴉和鴿子探察水情，最後得知洪水已退。挪亞全家和各種活物爭相離開方舟，挪亞的後代在地上繁衍生長，世界又充滿勃勃生機。在後世西方語言中，「方舟」比喻「災難中的避難所」。

## ✝方舟停在亞拉臘山上

源自《創世記》第8章4節。上帝發起洪水毀滅世界，只讓義人挪亞造方舟躲避大洪水。挪亞帶著家人和各種活物的物種進入方舟，在大水上飄蕩一五〇多天。後來水勢漸消，「七月十七日，方舟停在亞拉臘山上。」因洪水方舟是一個非常古老的故事，「方舟停在亞拉臘山上」也是盡人皆知的情節，後世西方人便用此語比喻「早已過了時的消息」、「老掉牙的新聞」。

## ✝鴿子飛回來，嘴裡銜著一片剛扯下來的橄欖葉

源自《創世記》第8章11節。上帝用大洪水毀滅人類，只有義人挪亞蒙恩，躲進方舟得以生存。洪水漸消時，挪亞打開方舟的窗子，放出一隻烏鴉，但烏鴉在空中盤旋一陣，又飛了回來。挪亞再放出一隻鴿子，鴿子因找不到歇足之地，也飛回方舟。「又經過七天，挪亞再把鴿子放出去，到了黃昏，鴿子飛回來，嘴裡銜著一片剛扯下來的橄欖葉，挪亞便知道水已經退了。」再過七天，又放出鴿子，這次鴿子再不飛回方舟。後人用此語轉喻「災難已經過去，和平重返人間」，並進而用鴿子和橄欖葉象徵「和平」。

# ✝所多瑪和蛾摩拉

源自《創世記》第18章20節。耶和華上帝對亞伯拉罕說：「我已經聽見控訴所多瑪和蛾摩拉的聲音，他們無惡不作，罪孽深重。」所多瑪和蛾摩拉是死海附近的兩座古城，據說城裡的居民罪惡極大。亞伯拉罕的侄子羅得住在所多瑪，一天，兩個天使來到羅得的家，得到羅得的盛情接待。晚上，天使正準備就寢，城裡的老少男人突然圍住家門，要羅得交出客人，由他們狎弄。羅得把門關上，央求說：「請不要幹這種下流的事吧！我有兩個女兒，還是孫女，我願把她們交出來，任憑你們處置。只是你們不要侮辱這兩個人，因為他們是我的客人。」但城裡的人不聽，企圖撞破大門。兩位天使便把羅得拉進屋去，使門外的人眼目昏花，摸來摸去找不到門口。天使告訴羅得，上帝已聽見這座城發出的淫惡聲音，決定毀滅這裡和蛾摩拉。羅得帶著妻子和兩個女兒遵囑向山上逃命。天亮時，耶和華從天上降下硫磺與火，把所多瑪和蛾摩拉燒成灰燼。後來，「所多瑪和蛾摩拉」成為「罪惡之城」、「犯罪之地」的代稱。

## ✝像羅得之妻一樣好奇

源自《創世記》第19章26節。上帝決定毀滅罪惡之城所多瑪和蛾摩拉，讓天使吩咐羅得一家趕快逃命，「不可停下，也不可回頭看。」在羅得一家逃跑的路上，耶和華將硫磺與火降至所多瑪和蛾摩拉。羅得的妻子好奇地回頭一看，馬上變成了一根鹽柱，後人以「像羅得之妻一樣好奇」比喻「好奇心過盛」。

## ✝像亞伯拉罕一樣虔誠

源自《創世記》第2章1至14節。亞伯拉罕是希伯來人的始祖，原住在迦勒底的吾珥，後聽從耶和華的召喚，帶著妻子撒拉和侄子羅得來到迦南。他一百歲時生子以撒。以撒年幼時，上帝為了考驗亞伯拉罕，讓他到摩利亞去，把獨生子獻為燔祭（一種宗教儀式，將牲畜或人宰殺烤熟後獻給神）。亞伯拉罕立即備上驢，帶著以撒和獻祭用的柴，前往上帝指示的地方去。臨近目的地時，以撒問：「火與柴都有了，但獻祭用的羊羔在哪裡？」亞伯拉罕回答：「我兒，上帝會自己預備羊羔的。」到了地方，亞伯拉罕築起祭壇，擺好木柴，綁捆起以撒，把他放在柴堆上；接著拿起尖刀，要殺兒子。就在這時，耶和華的使者從天上呼叫：「亞伯拉罕！亞伯拉罕！不可在這童子身上下手。現在我知道你是敬畏上帝的了，因為你沒有將獨生子留下不給上帝。」亞伯拉罕因此被後世信徒尊為「信心之父」。「像亞伯拉罕一樣虔誠」則喻指「對上帝或某種權威必恭必敬，言聽計從，毫不懷疑。」

## ✝ 一碗紅豆湯

源自《創世記》第25章30節。以撒有一對孿生子，哥哥以掃擅長狩獵，常在田野出沒，但缺少智慧；弟弟雅各生性機靈，愛好安靜，喜歡留在家裡。一天，雅各正在熬湯，以掃筋疲力竭地從田野回到家。以掃少氣無力地對雅各說：「我快餓死了，你熬的紅豆湯讓我吃一碗。」雅各乘機說：「那好，就用你長子的名分來交換吧！」長子的名分即長子權，在古希伯來民族中具有特殊的意義：它表明長子在家中的地位僅次於父親，有權管理別人，分產業時可以比別人多得一份。以掃卻回答：「我快要餓死了，這長子的名分還有什麼用處？」雅各說：「好，你向我起誓保證吧！」這樣，以掃便起誓，把長子的名分賣給雅各；雅各就把餅和紅豆湯分給以掃。以掃因一碗紅豆湯出賣了長子的權利，由此，後人用「一碗紅豆湯」比喻「因小失大」、「為眼前利益而放棄長遠利益」。

## ✝與祖宗同睡

源自《創世記》第47章30節。雅各一四七歲時死在埃及。他臨終之際叫來兒子約瑟，說：「我若在你眼前蒙恩，請你把手放在我大腿底下，用慈愛和誠實待我，不要將我葬在埃及。我與我祖我父同睡的時候，你要將我帶出埃及，葬在他們所葬的地方。」約瑟遵囑而行，雅各死後把他運回迦南，葬在祖先的地麥比拉洞裡。後來，西方人用「與祖宗同睡」比喻「死去」、「與世長辭」。

## ✝燒不毀的荊棘

源自《創世記》第3章2節。摩西帶領以色列人出埃及之前，在何烈山為岳父牧養羊群。一天，耶和華的使者從荊棘的火焰中向摩西顯現，摩西發現荊棘被火燒著，卻沒有燒毀。他正要過去看個究竟，耶和華從荊棘裡呼叫他，說他不可近前來，並要把腳上的鞋脫掉，因為他站的地方是聖地。還要求他去見埃及法老，把以色列百姓從埃及領出來。「燒不毀的荊棘」原是上帝顯現時的神奇景觀，後轉喻「不屈不撓地為某種事業獻身的人。」

## ✝流奶與蜜之地

源自《創世記》第3章8節。耶和華對摩西說：「我的百姓在埃及所受的困苦，我實在看見了；他們因受督工的轄制所發出的哀聲，我也聽見了；我原知道他們的痛苦。我下來就是要救他們脫離埃及人的手，領他們出了那地，到美好寬闊的流奶與蜜之地。」亦見於《民數記》第18章8節。約書亞偵察迦南後對以色列民眾說：「我們所窺探的地方是極美之地。耶和華若喜悅我們，就必將我們領進那地，把地賜給我們，那地原是流奶與蜜之地。」在這裡，「流奶與蜜之地」特指土地肥沃、物產豐富的古代巴勒斯坦地區（即迦南）。後來，本詞語泛指「富饒繁榮的地方」

## ✝無草之磚

源自《出埃及記》第5章18節。希伯來人在埃及做苦工，他們的領袖摩西尋訪埃及法老，要求停止苛刻的奴役。但法老不但不接受，反而變本加厲地虐待他們，吩咐督工不給做磚用的草，磚還要如數交納。在古埃及，草是做磚的必備材料，沒有草就難以做磚。後來，此語喻指「沒有原料的工程」，與我國成語「無米之炊」意同。

## ✝這是上帝的作為

源自《出埃及記》第8章19節。埃及法老拒不接受摩西帶領族人出埃及的要求，耶和華上帝命摩西連降十災，對法老進行嚴厲的懲罰。降下虱災時，埃及境內所有的塵土都變成了虱子，人和牲畜無不遭到騷擾。法老的術士想用巫術也變出虱子，但無法成功，於是他們只好承認「這是上帝的作為。」後來，此語轉喻「某事體現了上帝的意旨」、「這是天意」。

## ✝把埃及人的財物奪去

源自《出埃及記》第12章36節。摩西奉耶和華之命連降十災，埃及法老不堪其苦，催促以色列百姓快快離境。於是，「以色列人遵照摩西的命令，向埃及人索取金銀器皿和衣裳。耶和華使百姓在埃及人眼前蒙恩，以致埃及人有求必應。他們就把埃及人的財物奪了去。」後人用此語轉喻「把敵人的財物奪去」。

## ✝雲柱和火柱

源自《出埃及記》第13章21節。以色列人出埃及後向紅海行進，「日間，耶和華在雲柱中為他們領路；夜間，在火柱中光照他們，使他們日夜都可以行走。日間雲柱，夜間火柱，總不離開百姓的面前。」後來，「雲柱和火柱」進入西方語言，轉喻「保護傘」。

## ✝那時我們坐在肉鍋旁邊，吃得飽足

源自《出埃及記》第6章3節。以色列人在摩西的帶領下遷出埃及，奔向「流奶與蜜之地」迦南。出埃及後第二個月的第十五天來到以琳和西奈之間的汛曠野，這裡寂寥荒涼，衣食短缺。於是，一些意志薄弱者便向摩西和亞倫發怨言，說：「我們悔不該離開埃及。那時我們坐在肉鍋旁邊，吃得飽足，你們把我們領到這裡，是想把我們都餓死呀！」他們在困境中完全忘記了為奴的恥辱，而一味思戀往日的口腹之樂。後人由此引申出「懷念埃及的肉鍋」，喻示「留戀過去，為追求享受而喪失氣節。」

## ✝嗎哪

源自《出埃及記》第16章31節。以色列人出埃及後，來到以琳和西奈之間的汛曠野，這裡找不到食物，條件十分險惡。一些人因此向摩西、亞倫發怨言，後悔不該離開埃及，到這裡挨餓。於是，耶和華許諾從天上賜給他們食物。第二天早晨，營地四周出現許多白如霜雪的小圓物。以色列人不知道是什麼，就彼此對問：「嗎哪（意謂「這是什麼」）？」摩西告訴他們：「這是耶和華給你們吃的食物。」此後，以色列人就稱之為嗎哪。嗎哪狀如芫荽子，白色，滋味如同攙密的薄餅。據說以色列人吃嗎哪達四十年，直到進入迦南之地。後來，「嗎哪」引申為「精神食糧」或是「意外獲得的急需之物」。

## ✝十　誡

源自《出埃及記》第20章3～17節。以色列人出埃及後，來到西奈曠野，在那裡安營。第三天早晨，山上雷電大作，烏雲密布，角聲嘹亮。上帝呼喚摩西，摩西便登上西奈山。上帝將刻有十條誡命的石板授予摩西，要他向百姓宣讀。這十條誡命是：

一、除上帝外不可崇拜別的神；
二、不可製造並跪拜偶像；
三、不可妄稱上帝的名字；
四、要守安息日為聖日；
五、要孝敬父母；
六、不可殺人；
七、不可姦淫；
八、不可偷盜；
九、不可作假證誣害人；
十、不可貪圖別人的房屋、妻子、僕婢、牛驢和其它財物。

其中前四條是宗教誡律，後六條是民事誡律。它們是後世猶太教和基督教共同遵守的基本行為準則。

## ✝ 穿某人的耳朵

源自《出埃及記》第21章6節。摩西律法規定，奴僕服役六年後，第七年可獲得自由。

但若仍願留在主人家，「主人就要把他帶到審判官那裡，領到門前，靠著門框，用錐子穿他的耳朵。此後他就永遠服侍主人。」這本是一種希伯來古俗。後人用「穿某人的耳朵」轉喻「使某人終身為奴」以及「牢牢地控制某人」。

## ✝以眼還眼，以牙還牙

源自《出埃及記》第21章24節。摩西律法規定：「人若彼此爭鬥，傷害有孕的婦人，甚至墮胎，隨後卻無別害，那傷害人者就要按婦人丈夫的要求，照審判官所斷的受罰。若有別害，就要以命償命，以眼還眼，以牙還牙，以手還手，以腳還腳，以烙還烙，以傷還傷，以打還打。」這條律法記載了古希伯來人同態復仇的習俗。後來，人們用「以眼還眼、以牙還牙」喻指「針鋒相對，以暴抗暴」。

## ✝把刀挎在腰間

源自《出埃及記》第32章27節。摩西登西奈山領受上帝的誡命和律法遲遲未歸，以色列百姓便讓亞倫為他們另塑神像。亞倫用眾人的金首飾鑄成一隻金牛犢，讓人們奉拜，圍著它吃喝玩耍，恣意跳舞。摩西下山後勃然大怒，將金牛犢摔得粉粹，又召來利未的子孫，命令他們：「你們把刀挎在腰間，從這裡走向對面，走遍整個營地，不論遇見兄弟、伙伴或鄰舍，全都殺死。」後人用「把刀挎在腰間」喻指「刀出鞘、彈上膛，準備戰鬥。」

## ✝見背不見面

源自《出埃及記》第33章23節。以色列人出埃及，摩西在營地支搭帳棚，向耶和華求告：「求你將你的道指示我，使我可以認識你，好在你眼前蒙恩。」耶和華回答：「看哪，……你要站在磐石上。我的榮耀經過的時候，我必將你放在磐石穴中，用我的手遮掩你，等我過去；然後我要將我的手收回，你就得見我的背，卻不得見我的面。」猶太教據此認為，人不能觀看上帝的面，觀看了就不能存活。後來，西方人用「見背不見面」喻指「對某事一知半解，不見全貌」、「只知其一，不知其二」。

## ✝替罪羔羊

源自《出埃及記》第16章10節。每逢贖罪日，以色列要選出兩隻公山羊，交給大祭司，用抓鬮的辦法定出一隻獻給上帝，另一隻獻給荒野中的邪靈阿撒瀉勒，這後一隻便是替罪羊。給上帝的那隻當場宰殺獻祭。然後帶來另一隻。大祭司把兩手按在羊頭上，在上帝面前承認放掉，表示它帶走了以色列人的一切罪過。帶走羊的人被視為「不潔淨」，必須首先沐浴更衣，經過一番淨化，才能進營。後來，「替罪羊」轉喻「代別人受過的無辜者」。

## ✝上帝的選民

源自《申命記》第7章6節。摩西訓誨以色列人說：「耶和華你的上帝從地上的萬民中揀選了你，特作自己的子民。耶和華專愛你們，揀選你們，並非因為你們的人數多於別國之民，你們的人數在萬民中原來是最少的。只因耶和華愛你們，又因要守他向你們列祖所起的誓，才用大能的手領你們出來，從為奴之家救贖你們，使你們脫離埃及法老的奴役。」

「上帝的選民」最初僅指以色列人或猶太人，基督教興起後，也泛指一切信奉耶穌基督的人。在《歌羅西書》第3章12節中，保羅便稱基督徒是「上帝的選民」。

## ✝人活著不是單靠食物

源自《申命記》第8章3節。以色列人進入迦南之前，摩西發表長篇演說，要人們牢記四十年奔波曠野的艱苦經歷。其中談到：上帝「將你和你列祖所不認識的嗎哪賜給你，使你知道人活著不是單靠食物，乃是靠耶和華口裡所說的一切話。」另據《馬太福音》第4章4節記載，耶穌飢餓難忍時受到魔鬼的試探，魔鬼說：「你如果是上帝的兒子，可以把這些石頭變成食物吃呀！」耶穌立即引用《申命記》中的那段話，回答說：「人活著不是單靠食物，乃是靠上帝所說的一切話。」後來，「人活著不是單靠食物」轉喻「人生的意義不在於僅僅追求物質享受」。

## ✝把鐵軛加在頸項上

源自《申命記》第28章48節。摩西警告以色列人，若不遵從耶和華的誡命，就「必在飢餓、乾渴、赤裸、缺乏之中，侍奉耶和華派來攻擊你們的仇敵。他們必把鐵軛加在你們頸項上，直到將你們滅絕。」這個「軛」原指牲畜拉重物時架在脖子上的器具；後人以「把鐵軛加在頸項上」喻指「使某人遭受奴役」。

## ✝所多瑪的葡萄

源自《申命記》第32章32節。摩西指責犯罪的以色列百姓說：「他們的葡萄樹是所多瑪的葡萄樹，由蛾摩拉的田園所培育；他們的葡萄是毒葡萄，從裡到外都是苦味。」後來，「所多瑪的葡萄」喻指「虛有其表之物」，與我國成語「金玉其外，敗絮其中」意近。

## ✝消化如水

源自《約書亞記》第7章5節。約書亞率眾攻占迦南時，猶大支派的亞干違命私留掠奪的財物，招致耶和華的憤怒。再次交戰，以色列人在艾城慘遭失敗，眾民的心因此「消化如水」。後人用此語比喻「希望化為泡影」。

## ✝示拿衣服

源自《約書亞記》第7章21節。約書亞率眾攻打艾城時慘遭失敗，敗陣後，召集眾人追查失敗原因，查出了猶大支派的亞干私藏了掠奪的財物，留下「一件美好的示拿衣服、二百舍客勒銀子和五十舍客勒金子。」示拿即巴比倫，故「示拿衣服」又稱「巴比倫衣服」。此語後轉喻「贓物」。

## ✝從但到別是巴

據《約書亞記》第15章28節、19章47節等處記載，古代巴勒斯坦最北端的城鎮是但，最南端的城鎮是別是巴。「從但到別是巴」意即「舉國上下」、「全國各處」，與中國當代詩句「從東海之濱到喜馬拉雅山」、「從南沙群島到黑龍江」意同。

## ✝眼中的刺

源自《約書亞記》第23章13節。以色列領袖約書亞臨終前告誡族人：「你們要特別謹慎地愛主你們的上帝。如果你們稍有偏差，跟住在你們當中的外族人來往，甚至通婚，上帝就不再趕走他們。不但如此，他們還要成為你們犯罪的圈套和陷阱，抽打你們的鞭子和你們眼中的刺，直到你們在上帝賜給的美地上被滅盡為止。」句中「眼中的刺」原指「扎（你們）眼睛的刺」。後來轉喻為「心目中最厭惡的東西或人」，與漢語成語「眼中釘、肉中刺」意近。

## ✝歸了自己的列祖

源自《士師記》第2章10節。以色列的領袖摩西死後，接替摩西的約書亞也在一一〇歲時去世。以色列人把他安葬在迦實山北邊，「那世代的人也都歸了自己的列祖。後來有別的世代興起，不知道耶和華，也不知道耶和華為以色列人所行的事。」後人用「歸了自己的列祖」表示「死去」、「已經過去」，與我國俗語「歸天」、「命赴黃泉」意同。

## ✝示播列

源自《士師記》第12章6節。士師時代，基列人和以法蓮人打仗，以法蓮人敗陣逃走。基列人把守住約旦河渡口，看見有人渡河，就讓他說「示播列」。以法蓮人的口音和基列人略有不同，他們說不清「示播列」，而把它說成「西播列」。這樣，基列人凡遇到發「西播列」之音者，就抓起來當場處死。由此，後世西方人用「示播列」表示「辨別真偽的口令」。

## ✝參孫的驢腮骨

源自《士師記》第15章15節；參孫是著名的以色列士師，以力大無窮威震敵膽。一次，他看到一塊未乾的驢腮骨，就伸手揀來，擊殺一千個非利士人。接著作詩說：「我用驢腮骨殺人成堆，用驢腮骨殺了一千人。」說完，把驢腮骨拋到一旁，揚長而去。後來，人們用「參孫的驢腮骨」比喻「不正規的武器」、「順手撿來的傢伙」。

## ✝像參孫一樣力大

源自《士師記》第16章23～30節。參孫是但族瑣拉人瑪挪亞的孩子，因耶和華施恩而生。他自幼就身強力壯，膂力過人，曾赤手空拳撕裂一頭獅子，還用驢腮骨打死過一千非利士人。為了探聽參孫力大無比的秘密，非利士人收買了參孫的情人大利拉。大利拉連二連三地探詢參孫，終於發現他的秘密，原來，他的力量都來自頭髮。大利拉就讓參孫枕在她膝上睡覺，乘機剃掉他的七條髮綹。非利士人捉住參孫，剜出他的雙眼，把他關在牢中。不久，非利士人舉行祭神大典，把參孫帶到大殿進行奚落。這時參孫的頭髮又長了出來，他慢慢靠近大殿中央的兩根柱子，求告上帝再賜給他力量。接著，兩手各抱一根柱子，大吼一聲：「我情願與非利士人同死！」猛地將大柱推倒。大殿頃刻倒塌，把在場的三千非利士人全部壓死，參孫也同歸於盡。後來，「參孫」成為「大力士」的同義語，「像參孫一樣力大」則比喻某人擁有罕見的大力氣。

## ✝掃羅也列在先知中嗎？

源自《撒母耳記（上）》第10章12節。基士的兒子掃羅因受上帝之靈的感動，並得到上帝賜予的新心，加入一群先知之中，和他們一起受感說預言。過去對掃羅很熟悉的人見狀十分驚奇，就彼此問：「基士的兒子遇見什麼了？掃羅也列在先知中嗎？」在他們看來。一個普通凡人突然加入先知行列，實在令人不可思議。後來，此語喻指「凡人也可以成聖嗎？」或「朽木也可以雕嗎？」

## ✝像大衛一樣勇敢

源自《撒母耳記（上）》第17章41～51節。大衛是以色列的第二個國王，生於猶大的伯利恆。他從小勇猛過人，曾徒手殺死襲擊羊群的獅子和熊。掃羅稱王年間，一天，非利士猛將歌利亞向以色列人罵陣，掃羅和手下的將士個個惶恐，無人出戰。這時，大衛還是個牧羊少年，見此情景十分氣憤，便找到掃羅，要求出陣。他只拿了牧羊杖和拋石的彈弓，再到河邊揀五塊光滑的石子，就去迎戰那非利士巨人。歌利亞見以色列營中走出個手持牧羊杖的少年，就輕蔑地縱身撲去。大衛不慌不忙地掏出一塊石子，裝入彈弓，用力甩去；那石子正中歌利亞的腦門，打得他腦漿四濺，撲倒在地。大衛飛跑過去，拔出歌利亞的戰刀，割下他的首級。以色列人見狀軍心大震，將非利士人一舉擊潰。後來，西方人用「像大衛一樣勇敢」比喻「極其勇猛，非常果敢。」

## ✝掃羅殺死千千，大衛殺死萬萬

源自《撒母耳記（上）》第18章7節。牧羊少年大衛用彈弓和石子把歌利亞擊斃，以色列人得勝回營。婦女們歡歡喜喜地出城迎接，打鼓擊磬，唱歌跳舞，說：「掃羅殺死千千，大衛殺死萬萬！」掃羅聽了很不高興，說：「將萬萬歸大衛為千千歸我，只又剩下王位沒有給他了。」從這日以後，掃羅就處心積慮要除掉大衛。後來，此語轉喻「後生可畏」、「後來者居上」。

## ✝離死不過一步

源自《撒母耳記（上）》第20章3節。大衛和掃羅之子約拿單是至親的朋友。掃羅要加害大衛，大衛逃到約拿單那裡，問他：「我在你父親面前犯了什麼罪，他竟要尋索我的性命？」約拿單不信，回答說：「斷然不會！你必不至死。我父做事無論大小，沒有不叫我知道的。怎麼獨有這件事隱瞞我呢？決不會如此。」大衛說：「我指著永生的耶和華在你面前起誓，我離死不過一步。」約拿單聽他這樣說，才不再懷疑。後來，此語喻指「大難臨頭」、「死期將至」。

## ✝在城門上胡寫亂畫

源自《撒母耳記（上）》第21章13節。大衛為躲避掃羅的追捕而逃到敵國迦特，迦特王亞吉的臣僕認出了他。他怕遭到亞吉的迫害，「就在眾人面前改變了尋常的舉動，在他們手下假裝瘋癲，在城門的門扇上胡寫亂畫，使唾沫流在鬍子上。」亞吉以為大衛瘋了，便說：「我豈缺少瘋子？這人怎能進我的家？」後來，「在城門上胡寫亂畫」比喻「裝瘋賣傻」、佯裝瘋癲」。

## ✝惡事出於惡人

源自《撒母耳記（上）》第23章13節。「惡事出於惡人」原是古代以色列人的俗語。掃羅追捕大衛時，途中到一個山洞大便，大衛恰巧正躲在洞中的暗處。大衛的隨從讓大衛乘機殺死掃羅，大衛不同意，只悄悄割下掃羅外袍的一塊衣襟。掃掃羅走出洞後，大衛也隨著出來，手裡拿著衣襟對掃羅說：「我父啊，看看吧，你外袍的衣襟在我的手中。我割下你的衣襟而沒有殺你，你由此可知我沒有惡意背叛你。」接著引用上述古語，說明自己不幹惡事，當然不會是惡人。此語後來進入西方語言，仍然用其本義。

## ✝死　狗

源自《撒母耳記（上）》第24章14節。掃羅到隱基底的曠野追捕大衛時，大衛對他說：「以色列王出來尋找誰呢？追趕誰呢？不過追趕一條死狗，跳蚤就是了。」語中的「死狗」原是大衛的自謙之詞。後來，西方人以此轉喻「不值一提的東西」、「無價值之物」。

## ✝洗某人的腳

源自《撒母耳記（上）》第25章41節。大衛欲娶拿八的寡婦亞比該為妻，派使者前往求婚。亞比該聞訊俯伏在地，說：「我情願作婢女，洗我主僕人的腳。」說罷就騎上驢，帶著五個使女跟隨使者而去，作了大衛的妻子。後來，「洗某人的腳」轉喻「為某人效命」、「服侍某人」。

## ✝不要在迦特張揚

源自《撒母耳記（下）》第1章20節。掃羅父子和非利士人交戰時不幸殉難疆場，大衛聞訊後悲慟欲絕，寫出情真意摯的悼亡詩《弓歌》。歌的開頭說：「在以色列的山上，我們的領袖陣亡了，我們最英勇的戰士倒下了！不要在迦特張揚，不要在亞實基倫傳布。不要讓非利士的婦女高興，不要使外邦的女子歡樂。」迦特和亞實基倫是巴勒斯坦的兩座古城，當時都在非利士人的控制之下。「不要在迦特張揚」是說不要把不幸的消息傳給敵人，使敵人聽了幸災樂禍。與我國俗語「家醜不可外揚」略同。

## ✝刺入第五根肋骨

源自《撒母耳記（下）》第2章23節。一次，掃羅的元帥押尼珥領兵與大衛的大將約押交戰，押尼珥兵敗，約押的弟弟亞撒黑緊追不放。押尼珥逃亡一程後，回頭警告亞撒黑不要再追，說：「如果我殺了你，哪裡還有顏面再見你的哥哥約押？」但亞撒黑仍不放鬆。押尼珥一怒之下「倒槍刺入他的肚腹之中，矛槍穿腹而出，亞撒黑頓時倒地身亡。」在希伯來文原著中，「刺入他的肚腹」為「刺他的第五根肋骨」。後人以「刺入第五根肋骨」表示「給人以致命傷」或是「擊中要害」。

## ✝大衛城

源自《撒母耳記（下）》第5章9節。耶路撒冷城原由耶布斯人占領，城南的要塞錫安十分堅固。大衛戰勝掃羅後決定以這裡為都，便率軍「攻取錫安的保障，……住在保障裡，給保障起名叫大衛城。」後人以「大衛城」比喻「堡壘」、「要塞」、「堅固的城池」。

## ✝小母羊羔

源自《撒母耳記（下）》第12章3節。以色列王大衛為了霸占手下將士烏利亞的妻子拔示巴，施用借刀殺人之計，把烏利亞派到戰事最險要的前沿陣地，故意使他遇難。這件事觸怒了耶和華上帝，他便派先知拿單去責備大衛。拿單見大衛後，向他講寓言說：一座城裡住著兩個人，一個是大富翁，另一個是窮漢子。富翁擁有無數牛羊，窮漢子只有一隻小母羊羔。他悉心飼養這隻小母羊羔，讓他跟自己的女兒一起長大，他吃什麼，羊也吃什麼，他喝什麼，羊也喝什麼；他還常常讓小母羊羔睡在自己的懷裡。但有一天，富翁家中來了客人，富翁捨不得宰殺自己的牛羊，卻宰了那窮漢子的小母羊羔款待客人。大衛聽到這裡，情不自禁地說：「這富人真是死有餘辜！他沒有半點憐憫的心腸，我一定讓他四倍償還那窮漢子！」拿單說：「你就是那富翁！你有無數財寶和成群妻妾，竟然還強占烏利亞的妻子！今後，在你家中，殺戮流血之事要永遠不斷！」在後世西方語言中，「小母羊羔」比喻「最珍貴的寶貝」、「僅有的家產」或是「獨生的孩子」。

## ✝流人血的壞人

源自《撒母耳記（下）》第17章7節。押沙龍起兵叛亂時，大衛倉皇出逃。逃亡途中，遇到一個名叫示每的人，此人是前王掃羅家族的後代，對大衛一直心懷不滿。這時，他以為大衛王朝覆亡在即，便一邊走，一邊用石頭擲大衛和他的臣僕，嘴裡還罵道：「滾吧！滾吧！你這流人血的壞人，你這敗類！願耶和華追討你殺掃羅一家的血債！你奪了掃羅的王位，現在耶和華卻要把王權交在你兒子押沙龍的手中。看哪，你這殺人凶手，現在就要自食其果了！」後來，人們用「流人血的壞人」喻指「殘忍嗜殺的人」以及「殺人凶犯」。

## ✝鼻孔冒烟

源自《撒母耳記（下）》第22章9節。大衛擺脫掃羅和其他仇敵的迫害後，作詩讚美耶和華，詩中說：「在憂傷中我向上帝呼求，他在殿裡聽見了我的聲音，我的呼號直達他的耳中。我主怒氣大發，大地就搖撼顫抖，穹蒼的根基也震動不穩。他鼻孔冒出濃烟，他口中噴出烈火，要把大地燒毀。」後人以「鼻孔冒烟」喻指「生氣發怒」，與我國成語「眼冒金星」、「怒髮衝冠」意近。

## ✝走世人必走的路

源自《列王紀（上）》第2章2節。大衛臨終前，囑咐兒子所羅門說：「我現在要走世人必走的路，你當剛強，作大丈夫，遵守耶和華你上帝所吩咐的，照摩西律法上所寫的，行主的道，謹守他的律制、誡命、典章、法度。這樣，你無論做什麼事，不拘往何處去，盡都亨通。」這裡「走世人必走的路」是「死亡」的委婉說法，後人以此喻指「辭世」。

## ✝不知道怎樣出入

源自《列王紀（上）》第3章7節。大衛死後，所羅門繼位，耶和華借夢中的異象向所羅門顯現，對他說：「你願我賜給你什麼？」所羅門說：「耶和華我的上帝啊，如今你使僕人接續我父親大衛作王，但我還是幼童，不知道應當怎樣出入。……所以，求你賜給我智慧，以便判斷民事糾紛時能辨別是非。」後世西方人以「不知道怎樣出入」表示「年輕稚嫩，缺乏經驗。」與我國俚語「嘴上沒毛，說話不牢」略同。

## ✝像所羅門一樣聰明

源自《列王紀（上）》第3章16～28節。所羅門是大衛的兒子和王位繼承人，在位約四十年（約公元前九七三至前九三三年）。初繼位時，所羅門求上帝賜予智慧，上帝應允了他，他就成為世上最有智慧的人。一天，兩個婦女來找他告狀。一個說，她倆都帶著剛生的小孩同住一個房間，夜裡，另一個婦女睡覺時，不小心壓死了自己的孩子，卻趁她熟睡時，用死孩子換了她的活孩子。另一個婦女則堅持說，活孩子是自己的。所羅門聽後，吩咐侍從拿刀來，說：「把活孩子劈成兩半，兩人各得一半！」聞此言後，一個婦女不同意，說：「不，那就把孩子給她吧！」另一個婦女卻同意劈開孩子，一人一半。所羅門聽後，說：「不讓劈孩子的婦女才是孩子的真正母親。」隨後把孩子判給她。這就是膾炙人口的「所羅門智斷疑案」的故事。後來，西方人用「像所羅門一樣聰明」比喻「異乎尋常地聰慧睿智」。

## ✝用蠍子鞭責打

源自《列王紀（上）》第12章14節。所羅門王死後，他的兒子羅波安繼位。北方十支派的百姓在所羅門時代深受壓迫，這時派代表晉見羅波安，要求減輕賦稅和奴役。羅波安徵求朝中老臣的意見，他們建議接受百姓的請求，以便贏得民心。羅波安又詢問一些年輕官員的看法，他們卻唆使他嚴辭拒絕百姓的要求。羅波安採納了年輕官員的建議。三天後，北方民眾的代表再次前來時，他聲色俱厲地說：「先王要你們負重軛，我要你們負更重的軛！他用鞭子抽打你們，我要用蠍子鞭責打你們！」北方百姓見羅波安不肯收斂，反而變本加厲，便一舉建成以色列國，與南方的猶大國對峙。從此，希伯來民族史進入南北對立的分國時期。在後世西方語言中，「用蠍子鞭責打」意謂「成倍地加重懲罰」。

## ✝罎裡的麵，瓶裡的油

源自《列王紀（上）》第17章14節，先知以利亞時代，以色列人遭遇旱災，到處河溪乾涸，不長莊稼。耶和華吩咐以利亞到西頓的撒勒法去，說那裡將有一個寡婦供養他。以利亞來到撒勒法的城門口，見一個寡婦正在撿柴。以利亞向她要求水和餅吃，她回答：「我沒有餅，罎裡只有一把麵，瓶裡只有一點油；我出來就是撿柴回去燒餅，我和兒子吃了這最後的一餐，就等著餓死了。」以利亞聽了，安慰她說：「不要擔心，你可以照樣去燒餅，只是你要先為我燒一塊小餅，然後再燒兒子和你自己的。」他告訴寡婦：「上帝已經預言，在天降甘霖、五穀生長之前，她罎裡的麵必不減少，瓶裡的油也必不短缺。」那寡婦依照以利亞的話去做，母子和以利亞果然吃用了許多天，罎裡的麵沒有減少，瓶裡的油也沒有短缺。後來，「罎裡的麵，瓶裡的油。」喻指「看來短少，實際卻取之不盡的財源。」

## ✝火後有微小的聲音

源自《列王紀（上）》第19章12節。先知以利亞奉耶和華之命，痛斥以色列王亞哈，又行施異能，殺死四五〇個侍奉巴力神的假先知。亞哈將此事告訴王后耶洗別，耶洗別便派人追殺以利亞。以利亞逃到猶大曠野的別是巴，又奔波四十晝夜來到何烈山，躲進一個洞中。這時，耶和華從山間經過，「烈風大作，崩山碎石，耶和華卻不在風中；風後地震，耶和華卻不在其中；地震後有火，耶和華也不在火中；火後有微小的聲音，以利亞聽見，就用外衣蒙上臉，走出來站在洞口。」這聲音乃由耶和華發出，耶和華吩咐以利亞速從曠野返回大馬士革，膏立哈薛作亞蘭王，膏立耶戶作以色列王，並收留以利沙為弟子。以利亞領命後，迅速踏上征程。後來，「火後有微小的聲音」轉喻「神聖的召喚」、「戰鬥的呼聲」。

## ✝將外衣搭在某人身上

源自《列王紀（上）》第19章19節。先知以利亞在迦密山同異族神巴力的先知較力獲勝後，巴力先知的後台耶洗別要追殺他。在逃亡的途中，上帝向他顯現，要他回去膏立耶戶作王，並立以利沙做先知，繼承他的事業。以利亞回去的路上，遇見正在耕地的以利沙，便走到他面前，「將自己的外衣搭在他身上」，表示要收留他作徒弟。於是，以利沙回家向父母告別，又宰了一對牛宴請鄉親，然後起身，跟隨以利亞而去。後來，「將外衣搭在某人身上」轉喻「將衣缽傳給某人」、「將未竟的事業交待給某人」。

## ✝像亞哈一樣貪得無厭

源自《列王紀（上）》第21章1至16節。亞哈是北國以色列的第七代王，在位廿二年（約公元前八七六至八五四年），娶西頓王謁巴力的女兒耶洗別為妻。亞哈的王宮附近有一座葡萄園，原是耶斯列人拿伯的產業。亞哈想把這園子據為己有，便對拿伯說：「你的葡萄園離我的宮院這麼近，還是把它讓給我做菜園吧！我可以用更好的葡萄園跟你交換；倘若你同意，我也可以出錢買下來。」拿伯拒絕說：「這葡萄園是祖先留下的產業，我是萬萬不能出賣的。」亞哈因未遂心願，就讓耶洗別密謀誣陷拿伯，把拿伯用石頭砸死，最後將葡萄園強行霸占。後人用「像亞哈一樣貪得無厭」喻指「不擇手段地貪占別人的財產」。

## ✝像耶洗別一樣歹毒

源自《列王紀（上）》第21章7～15節。耶洗別是西頓王謁巴力的女兒，以色列王亞哈的妻子。她性情乖張，狠毒強悍，曾大建崇拜異教神的廟宇，殺害耶和華的眾先知，還迫害著名先知以利亞。亞哈欲占拿伯的葡萄園遭到拒絕，她盜用國王之名寫信給城中父老貴冑，要他們把拿伯召來。拿伯來後，她指使兩名歹徒誣陷他，說他誹謗了上帝和亞哈王，以此為口實把他拖出城外，用石頭砸死；爾後便讓亞哈將拿伯的葡萄園占為己有。耶洗別罪行累累，耶和華預言她必被野狗噬食。亞哈王死後十一年，耶戶兵逼王室，幾個宦官把她從樓上擲下摔死，其屍體終被野狗所食。後世西方人描述陰險、狠毒、無恥的女人時，常稱之「像耶洗別一樣歹毒」。

## ✝隨便開弓

源自《列王紀（上）》第22章24節。以色列王亞哈和猶大王約沙法結盟與亞蘭人作戰，亞哈為迷惑敵人而改穿士兵服裝，約沙法仍舊身穿王服。在戰鬥中，亞蘭人一心殺死亞哈，一個兵車長追上身著王服的約沙法，一看不是亞哈，又轉身而去；而另一個士兵毫無目的地隨便開弓，卻恰巧射進亞哈的甲縫裡。當天晚上亞哈就殞命而死。後來，此語轉喻「沒有計劃的行動」或「意外的成功」。與我國俗語「瞎貓碰上死耗子」略同。

## ✝鹽約

源自《歷代志（上）》第13章5節。猶大王亞比雅指責耶羅波安和以色列人背叛了大衛王朝，說：「耶和華以色列的上帝曾立鹽約，將以色列國永遠賜給大衛和他的子孫，你們不知道嗎？」這裡的「鹽約」指上帝與其子民訂立的堅固永恆的契約。後人用以代指「不可背棄的盟約」。

## ✝太平的人

源自《歷代志（上）》第22章8節。大衛臨終前召來兒子所羅門，囑咐他要為耶和華建造殿宇。大衛說：「我兒，我本想為耶和華建殿，只是耶和華告訴我：『你流了許多人的血，打了許多次大仗，不能再為我建殿了。你要生一個兒子，他必做太平的人；我必使他安靜，不被四周的仇敵擾亂。他的名字要叫——所羅門（即『太平』之意），他在位的日子，我必使以色列人平安康泰；他必為我建造聖殿。』」據此，後世西方人用「太平的人」喻指「愛好和平的人」或是「在平安康泰的環境中生活的人」。

## ✝披麻蒙灰

源自《以斯帖記》第4章1節。亞哈隨魯王統治波斯時，宰相哈曼飛揚跋扈，不可一世。只因猶太人末底改不肯跪拜，哈曼便奏請國王，定出時日將猶太人斬盡殺絕。末底改聞此消息，十分悲痛，「就撕裂衣服，披上粗麻孝服，往頭上撒灰塵，在城中行走，痛哭哀號。」外省的猶太人也非常傷慟，「他們禁食、哭泣、哀號，很多人甚至穿上喪服，躺在灰中。後來，「披麻蒙灰」比喻「極其沉痛」、「非常悲傷」。

# ・第二輯・

（源自《約伯記》至《瑪拉基書》）

## ✝像約伯一樣耐心

源自《約伯記》第1、2章。約伯是烏斯人，完全正直，敬畏上帝，遠離邪惡。一天，撒旦混在天使中朝見上帝，上帝誇獎約伯是世上最好的人，從不犯罪。撒旦說：「你待他那麼好，他怎能不敬畏你？你若毀掉他的財富，他還會虔誠嗎？」於是上帝派撒旦去考驗約伯。災難很快在約伯家中降臨了：示巴人搶走了牲畜，殺死了雇工；天火燒死了羊群和牧人；迦勒底人搶走了駱駝和僕人；狂風刮倒了房屋，把全部兒女都砸死。約伯雖痛苦不堪，卻未因此而埋怨上帝。接著，撒旦再次考驗約伯，使他從頭到腳長滿毒瘡。他的妻子問他：「你仍然持守你的純正嗎？棄掉上帝，死了算了！」約伯卻說：「你說話簡直是愚頑的女人。難道我們能從上帝手裡得福，就不能受禍嗎？」直到這時，約伯仍然說話謹慎，耐心等待著上帝的公正回答。後人用「像約伯一樣耐心」比喻「具有極大的克制精神」。

## ✝蒲草沒有泥，豈能生長

源自《約伯記》第8章11節。書亞人比勒達與約伯辯論時說：「蒲草沒有泥，豈能生長？蘆荻沒有水，豈能發生？」以此論證不敬畏上帝的人必無指望：「他要依靠房屋，房屋卻站立不住；他要抓住房屋，房屋卻不能存留。」後人以此轉喻「事物若沒有基礎，就無法存在」。與我國成語「皮不之存，毛將焉附」意同。

## ✝氣　絕

源自《約伯記》第14章20節。約伯在災難中喟嘆人生短暫，不如草木，說：「一顆樹被砍斷，還可重新萌芽，長出新嫩的枝子。它的根雖已衰老，殘幹也已朽爛，但只要再有水，還能像初栽的樹一樣發芽長枝。然而，人一旦氣絕，埋葬入土，又該如何呢？」後人用「氣絕」喻指「死亡」，與我國口語「斷氣」、「嚥氣」意同。

## ✝只能流到這裡，不可越界

源自《約伯記》第38章10節。上帝從旋風中詰問約伯說：「海水從深處湧出的時候，是誰為海洋劃定水域？是誰用雲露和黑暗為它作衣裳？是誰定出它的界限，截阻海水奔流，並說：『你只能流到這裡，不可越界；你，狂傲的巨浪，要在這裡停住？』」這段話以上帝支配海水的奇妙作為，頌揚了上帝的無限大能。後人用「只能流到這裡，不可越界」表示「這是最後的界限，不能再超過半步。」與我國古語「不可越雷池一步」意同。

## ✝要如勇士束腰

源自《約伯記》第40章7節。約伯在和三個友人以利法、比勒達、瑣法辯論時，提出許多高深莫測的問題，欲請上帝解答。耶和華最初置之不理，後來決定答覆約伯。他回答約伯的第一句話：「你要如勇士束腰。我問你，請你指示我。」後來，此語轉喻「要作好戰鬥的準備」、「嚴陣以待」。

## ✝察驗人的心腸肺腑

源自《詩篇》第7篇9節。詩人向上帝禱告說：「耶和華啊，求你按我的公義和我心中的純正判斷我。願惡人停止作惡，願你堅立義人，因為公義的上帝察驗人的心腸肺腑。」意思是上帝明察秋毫，能洞悉人的一切心思和意念。後來，被轉喻為「徹頭徹尾地觀察、考驗某個人。」

## ✝在泥爐中煉過七次

源自《詩篇》第12篇6節。詩人讚美上帝說：「耶和華的言語是純淨的言語，如同銀子在泥爐中煉過七次。」此語後來被轉喻為「千錘百煉」、「久經考驗」。

## ✝側　耳

源自《詩篇》第17篇1、6節。詩人禱告說：「耶和華啊，求你聽聞公義，側耳聽我的呼籲……求你向我側耳，傾聽我的言語。」後來，「側耳」進入日常語言，形容長者能耐心聽取幼者的意見。

## ✝眼中的瞳人

源自《詩篇》第17篇8節。詩人向耶和華禱告說：「求你保護我，如同保護眼中的瞳人，將我隱藏在你翅膀的蔭下。使我脫離那欺壓我的惡人，那圍困我、要害我命的仇敵。」

後人用「眼中的瞳人」比喻「最珍貴的物品」、「寶中之寶」、「最心愛的人」。

## ✝撇嘴搖頭

源自《詩篇》第22篇7節。詩人在痛苦中向耶和華申訴說：「凡看見我的都嗤笑我。他們撇嘴搖頭，說：『他把自己交托給耶和華，耶和華可以救他嘛！耶和華既然喜歡他，可以搭救他嘛！』」後人以此語表示「瞧不起」、「蔑視」等。

## ✝巴珊的公牛

源自《詩篇》第22篇12節。詩人向上帝呼救說：「求你不要離開我。因為困難就在眼前，沒有人能幫助我。我被可怕的仇敵圍困，他們好像巴珊的公牛那樣強壯。他們張口向我撲來，就像怒吼的獅子撲食獵物一樣。」巴珊位於約旦河東，地界從基列延伸到黑門山，土地肥沃，物產豐富，尤以盛產良種牛著稱。巴珊的公牛以力大、兇猛而聞名。後人以此比喻「窮兇惡極、勢不可擋的敵人。」

## ✝死蔭的幽谷

源自《詩篇》第23篇4節。此詩運用牧者放牧羊群的巧妙比喻，抒發了詩人對民族之神耶和華的讚美和依靠：「耶和華是我的牧者，我必不致缺乏。……縱使我走過死蔭的幽谷，我也不怕遭害，因為你與我同在，你用牧杖引導我，用牧竿保護我。」其中「死蔭的幽谷」今已成為西方人表示「極端痛苦的境地」的習慣用語。

## ✝福杯滿溢

源自《詩篇》第23篇5節。此詩寫道，作者雖遭艱險和死亡的威脅，因得到耶和華的保護，仍能履險如夷，安然無恙。詩中說：「在我的敵人面前，你為我擺設筵席；你用油膏了我的頭，使我的福杯滿溢。」後世西方語言中，「福杯滿溢」喻指「無限幸福」。

## ✝手潔心清

源自《詩篇》第24篇2節。詩人吟誦說：「誰能登上耶和華的山？誰能站在他的聖所？就是手潔心清，不懷虛妄，起誓不存詭詐的人。」後人以「手潔心清」喻指「清白正直」。

## ✝抬起頭來

源自《詩篇》第24篇9節。詩人讚美耶和華說：「眾城門哪，你們要抬起頭來！永久的門戶，你們要把頭抬起！那榮耀的王將要進來。榮耀的王是誰呢？就是萬軍之耶和華。」後來，「抬起頭來」轉喻「鼓起勇氣」、「振奮精神」。

## ✝用腳踢某人

源自《詩篇》第41篇9節。詩人在病中向上帝祈禱說：「一切恨我的，都交頭接耳地議論我；他們設計要害我。他們說：『他得了怪病，已經躺臥，必不能再起來。』連我知己的朋友，我所依靠、吃過我飯的，也用腳踢我。耶和華啊，求你憐恤我，使我起來，好報復他們。」另據《約翰福音》第13章18節載，耶穌在最後的晚餐上預言：「同我吃飯的人，用腳踢我。」後來，「用腳踢某人」轉喻「來自朋友的陷害」。

## ✝從這海到那海

源自《詩篇》第72篇8節。此詩被稱為「所羅門的詩」，內容是祈求上帝福佑所羅門聰慧睿智，國位堅定，萬世榮耀。詩中說：「上帝啊，求你將判斷的權柄賜給王，那公義賜給王的兒子。……他要執掌權柄，從這海到那海，從大河到地極。」後來，西方人用「從這海到那海」比喻「四面八方」、「五洲四海」。

## ✝舔　土

源自《詩篇》第72篇9節。大衛為所羅門祈禱說：「他要執掌權柄，從這海到那海，從大河到地極。住在曠野的，必在他面前下拜；他的仇敵，必要舔土。」後人用「舔土」喻指「臣服」、「屈服」。

## ✝挺著頸項

源自《詩篇》第75篇5節：「我對狂傲人說，不要行事狂傲；對兇惡人說，不要舉角；不要把你們的角高舉，不要挺著頸項說話。」後人用「挺著頸項」喻指「趾高氣揚」、「目空一切」、「盛氣凌人」。

## ✝有眼卻不能看，有耳卻不能聽

源自《詩篇》第115篇5、6節。詩人描述異邦人的偶像全是廢物時說：「他們的偶像……是人手所造的，有口卻不能言，有眼卻不能看，有耳卻不能聽，有鼻卻不能聞，有手卻不能摸，有腳卻不能走，有喉嚨也不能出聲。」後人用此語轉喻「麻木不仁」，與我國成語「聽而不聞、視而不見」意近。

## ✝房角石

源自《詩篇》第118篇22節。詩人稱謝耶和華說：「匠人所棄的石頭，已成了房角的頭塊石頭。這是耶和華所作的，我們看來覺得稀奇。」耶穌講道時引用了此語，並進而引申說：「誰掉在這石頭上，誰就要跌碎；這石頭掉在誰的身上，就要把誰砸得稀爛」（太21：44）猶太人為建築物舉行奠基儀式時，要將一塊鑿刻過的方石安放在房基上，稱為「房角的頭塊石頭」即「房角石」。後人用「房角石」比喻「根基」、「基礎」。

## ✝從深處

源自《詩篇》第130篇1節。詩人吟誦道：「耶和華啊，我從深處向你求告。主啊，求你聽我的聲音為願你側耳聽我懇求的聲音。」這個「從深處」表明了禱告者極為虔誠的態度。在後世西方語言中，此語轉喻「極其誠摯、至為懇切。」

## ✝照著你加給我們的殘暴報復你的人，他是多麼有福啊

源自《詩篇》第137篇8節。這首詩題為「被擄者的哀歌」，寫一群被擄於巴比倫河畔的猶太人的思鄉深情，及其對仇敵巴比倫人的無比憎恨。詩歌末尾說：「巴比倫哪，你定要被毀滅！照著你加給我們的殘暴報復你的人，他是多麼有福啊！抓起你的嬰孩，把他們摔在石頭上的人，他是多麼有福啊！」充分表達出亡國者對敵國的仇恨心情。在後世西方語言中，此詩句喻指：「以暴抗暴」，與我國古語「以其人之道還治其人之身」意近。

## ✝這樣的知識太奇妙，是我不能測的

源自《詩篇》第139篇6節。詩人讚美耶和華的全知全能時說：「這樣的知識太奇妙，是我不能測的；至高，是我不能及的。」另據《約伯記》第42章4節載，約伯回答耶和華說：「我知道你萬事都能做，你的旨意不能阻攔。誰能用無知的語言，使你的旨意隱藏呢？我所說的，是我不明白的；這些事太奇妙，是我不知道的。」後來，西方人用此語轉喻「（某種理論）深不可測，高不可及。」

## ✝人籌算，神安排

源自《箴言》第16章9節。智慧人說：「人心籌算自己的道路，惟耶和華指引他的腳步。」後人以此轉喻「人們竭力去辦某事，但最後能否成功，還取決於各方面的客觀條件。」與我國成語「謀事在人，成事在天」意近。

## ✝金蘋果在銀網裡

源自《箴言》第25章11節。智慧人說：「一句話說得合宜，就如金蘋果在銀網裡。」後人用此語比喻「珠聯璧合」或「配合默契」。

## ✝把炭火堆在面前

源自《箴言》第25章21、22節：「你的仇敵若餓了，就給他飯吃；若渴了，就給他水喝；因為你這樣做，就是把炭火堆在他面前，耶和華必賞賜你。」使徒保羅在《羅馬書》第

12章20節中轉述此語，教誨信徒「不可為惡所勝，反要以善勝惡。」後人，用「把炭火堆在面前」喻指「以德報怨，寬厚待人。」

## ✝道上有猛獅

源自《箴言》第26章13節。「懶惰的人說：『道上有猛獅，街上有壯獅』，於是就不肯出去工作。」這原是猶太哲人批評懶惰人的語錄，後用為諷刺語，揶揄生活中前怕狼後怕虎、遇事裹足不前的庸人。

## ✝三股合成的繩子不容易拉斷

源自《傳道書》第4章12節。智慧人說：「兩個人總比一個人強，因為兩個人合作效果更好。一個人跌倒，另一個人可以扶他起來。如果孤獨一個人，跌倒了沒有人扶他起來，他就遭殃了。兩個人同睡，彼此都暖和，一個人獨睡，怎得溫暖呢？兩個人合力，可以抵擋襲擊，單獨抵抗，就無能為力。三股合成的繩子是不容易拉斷的。此語意謂「人多力量大」、「團結就是力量」。

## ✝死蒼蠅會使膏油發臭

源自《傳道書》第10章1節。傳道者說：「一隻死蒼蠅會使芬芳的膏油發臭，一點愚昧足以敗壞智慧和尊榮。」這裡「死蒼蠅」是指「使人掃興」、「大煞風景」之事，這種事只消一點就能破壞全局。此語與我國俗語「一粒鼠糞攪壞一鍋湯」意同。

## ✝挖陷阱的，自己必掉在其中

源自《傳道書》第10章8節。智慧人說：「挖陷阱的，自己必掉在其中；拆圍牆的，必被蛇咬。開鑿石頭的，必被石頭砸傷；砍伐木頭的，必被木頭碰傷。」原指從事任何工作都有某種危險性，後轉喻「壞人做壞事必定自食其果」。與我國成語「玩火者必自焚」、「搬起石頭砸自己的腳」意同。

## ✝把糧食撒在水面上

源自《傳道書》第11章1節。傳道者說：「當把你的糧食撒在水面上因為日後必有收成；當把你的財物分給別人，因為你無法知道日後會有什麼不幸的事情發生。」這個「把糧食撒在水面上」原指向窮苦人施賑濟，後轉喻「向人行善」、「行善者必有善報」。

## ✝銀鏈折斷，金罐破裂

源自《傳道書》第12章6節。傳道者說：人的生命結束時，「銀鏈折斷，金罐破裂，瓶子在泉邊損壞，水輪在井口破爛，塵土仍歸於地，靈仍歸於賜靈的上帝。」金罐是古代猶太人貯存燈油的容器，銀鏈將金罐和燈台連在一起。銀鏈折斷了，金罐被摔壞，象徵著生命之燈從此熄滅。後世西方人以此喻示「生命終結」或是「幻想破滅」。

## ✝愛情如死一樣堅強

源自《雅歌》第8章6節。新娘向新郎傾訴摯愛的感情時說：「願你的心只向我敞開，願你的手臂只擁抱我。因為愛情如死一樣堅強，戀情如陰間一樣牢固。它爆發出的火焰，就是耶和華的烈焰。大水不能熄滅愛情，洪水也無法把它淹沒。若有人想用財富換取愛情，他必全然被藐視。」這是《聖經》中著名的愛情詩片段，其中「愛情如死一樣堅強」因比喻新奇、內涵深刻而被人廣為傳誦。

## ✝將刀打成犁頭

源自《以賽亞書》第2章4節。大先知以賽亞預言：末後的日子，耶和華聖殿所在的山必將堅立，耶和華「必在列國中施行審判，必為許多國民判定是非。他們要將刀打成犁頭，把槍打成鐮刀。這國不舉刀攻擊那國，他們也不再學習戰事。」後來，「將刀打成犁頭」成為「制止戰爭、維護和平」的名言。與我國成語「化干戈為玉帛」意近。

## ✝以馬內利

源自《以賽亞書》第7章14節。先知以賽亞預言大衛家族將有彌賽亞降生，說：「必有童女懷孕生子，給他起名叫以馬內利。」這個「以馬內利」是希伯來語音譯，意為「上帝與我們同在」。《新約》時代，《馬太福音》的作者引述此語（太1：23），說馬利亞是以賽亞預言的童女，耶穌是童女所生的以馬內利。後來，「以馬內利」成為基督徒常用的祝頌語。

## ✝絆腳的石頭

源自《以賽亞書》第8章14節。大先知以賽亞在亞述人行將入侵之際告誡國民：「當尊萬軍之主為聖，以他為可畏的。他是你倚靠的聖所。但對於不信他的以色列和猶大，他卻是絆腳的石頭，捕捉耶路撒冷居民的陷阱和圈套，很多人要在這石頭上失足跌倒，以致損傷；並且落在陷阱之中，為網羅所困。」這裡說，上帝將是絆跌不虔敬者的石頭。「絆腳的石頭」簡稱「絆腳石」，後轉喻一切阻礙前進的人或事物。

## ✝明亮之星，早晨之子

源自《以賽亞書》第14章12節。大先知以賽亞論及巴比倫王時說：「明亮之星，早晨之子啊，你何竟從天墜落？你這攻敗列國的，何竟被砍倒在地上？你心裡曾說：『我要升到天上，我要高舉我的寶座在上帝眾星之上，我要與至上者同等。』然而你卻墜落陰間，落到坑中極深之處。」後代一些解經家認為，「明亮之星，早晨之子」實際是指墮落之前的魔鬼撒旦。撒旦原是上帝的使者，後因犯罪才蛻變為上帝的敵對者。據此，「明亮之星，早晨之子」常用來描述壞人墮落前一度有過的美好形象。

## ✝我們吃喝吧！因為明天要死了

源自《以賽亞書》第22章13節。大先知以賽亞指責耶路撒冷的罪惡之民說：「終有一天，萬軍之耶和華要使你們哭泣哀號，剃光頭髮，身披麻衣。你們居然還高興作樂，宰牛殺羊，喝酒吃肉，說：『我們吃喝吧！因為明天要死了。』萬軍之耶和華親自告訴我：『這些人的罪到死也不會得到赦免。』」後來，此語轉喻「人生短促，要及時行樂」，與我國成語

「今朝有酒今朝醉」意同。

## ✝鑰匙放在肩頭

源自《以賽亞書》第22章22節。大先知以賽亞傳達神諭說：「（到那日，以利亞敬必作耶路撒冷的王。）我必將大衛家的鑰匙放在他的肩頭，他開，無人能關；他關，無人能開。」句中的「鑰匙」代指「權柄」。後世西方人用此語表示「向某人委以重任」。

## ✝律上加律，例上加例

源自《以賽亞書》第28章13節。大先知以賽亞說，耶和華的神諭是「命上加命，令上加令，律上加律，例上加例。」後來，「律上加律，例上加例。」被轉喻「三令五申」或「繁文縟節」。

## ✝壓傷的蘆葦

源自《以賽亞書》第36章6節。亞述王西拿基立反對以色列人與埃及聯盟，說：「看哪，你所倚靠的埃及，是那壓傷的葦杖，人若靠這杖，就必刺透他的手。」另據《馬太福音》第12章20節載，耶穌治好許多手腳患病的人，卻不讓他們為他傳名，因為「這是要應驗先知以賽亞的話：『他不爭競，不喧嚷，街上也沒有人聽見他的聲音。壓傷的蘆葦他不折斷，將殘的燈火他也不吹滅。』」後來，「壓傷的蘆葦」喻指「靠不住的人」或是「傷殘病弱的人」。

## ✝曠野裡的喊聲

源自《以賽亞書》第40章30節。據載，猶太人被擄於巴比倫四十多年後，上帝決意安慰他的百姓。這時，有人在曠野裡喊道：「當預備耶和華的路，在沙漠修平我們上帝的道！」至《新約》時代，有施洗者約翰出來，在猶太的曠野傳道，並為悔改者施洗。《馬太福音》第3章3節載：「他就是先知以賽亞所預言的人。以賽亞說：『在曠野有人聲高喊著：預備主的道，修直他的路！』」基督教認為，施洗者約翰是耶穌的先驅，為耶穌的到來修直了道路。但他的主張沒有被人接受，本人反而遭監禁，被處決。因此，後世西方人用「曠野的喊聲」喻指「得不到人們響應的、徒勞的呼籲或號召。」

## ✝瓦器豈能反抗窯匠

源自《以賽亞書》第45章9節。大先知以賽亞指責不虔誠的國民說：「那些跟造他的主爭辯的人有禍了！他不過是世上瓦器中的一件。瓦器怎能向窯匠說『你在幹什麼』？」在《羅馬書》第9章20節中，使徒保羅表達了相仿的看法：「受造之物怎能對造物主說『你為什麼這樣造我？』請問，窯匠難道不可以從一團泥中拿一部分造名貴的陶器，又拿另一部分造平凡的用具嗎？」以賽亞和保羅都認為，人類是上帝造的，被造者決不能反抗造物主的旨意，就像瓦器不能反抗造它的窯匠一樣。此語勸人勿作非份之想，含有「樂天知命」之意。

## ✝鐵的頸項，銅的額頭

源自《以賽亞書》第48章4節。耶和華上帝指責怙惡不悛的以色列人說：「我素來知道你是頑梗的，你的頸項是鐵的，你的額頭是銅的。」後人用「鐵的頸項，銅的額頭」比喻「剛愎自用，頑固不化。」

## 松樹長出代替荊棘

源自《以賽亞書》第55章13節。以色列人被擄往巴比倫後，受盡國破家亡的屈辱，大先知以賽亞鼓勵他們對未來要充滿信心：「你們將歡歡喜喜地離開巴比倫，平平安安地歸回故鄉。大山小山要一起歡唱，田野的樹木要拍手歡呼。松樹要長出代替荊棘，番石榴要長出代替蒺藜。」後人用「松樹長出代替荊棘」比喻「改天換地」、「舊貌變新顏」。

## 有夫之婦

源自《以賽亞書》第62章4節。大先知以賽亞預言以色列族的未來說：「你在耶和華的手中要成為華冠，在上帝的掌上要成為榮冕。你必不再稱為撇棄的，你的地也不再稱為荒涼的。你卻要稱為我所喜悅的，你的地也必稱為有夫之婦。因為耶和華喜悅你，你的地也必歸他。」這裡說，上帝喜悅某人時，也喜悅他的地；這時，某人的地就像「有夫之婦」一樣有了歸屬。後來，西方人用「有夫之婦」喻指「平安、康樂、有所歸屬的地方。」

## ✝鼻中的烟

源自《以賽亞書》第65章5節。大先知以賽亞傳達神諭說：「我每天向這群背叛的人伸出雙手，他們卻各隨己意地犯罪，不斷惹我發怒。他們在園中獻祭，在磚台上燒香；他們坐在墳場中，在那隱密神秘的地方度宿；他們吃豬肉，鍋中盛滿了污穢的肉湯……這些人是我鼻中的烟，是整天燒著的火。」後人以「鼻中的烟」比喻「令人煩惱的人或物」，與我國俗語「眼中釘、肉中刺」意同。

## ✝豹豈能改變斑點呢？

源自《耶利米書》第13章23節。大先知耶利米指責屢教不改的邪惡者說：「古實人豈能改變膚色呢？豹豈能改變斑點呢？若能，你們這些習慣行惡的人，便能夠行善了。」古實人居於非洲，屬黑色人種。耶利米認為，想讓惡人棄惡從善，無異於讓皮膚改變顏色，豹子改變斑點。與我國成語「江山易改，本性難移」意同。

## ✝父親吃了酸葡萄，兒子的牙酸倒了

源自《耶利米書》第31章19節。大先知耶利米預言以色列人的未來時說：「到那時，人們不再說『父親吃了酸葡萄，兒子的牙酸倒了。』但各人必因自己的罪死亡，凡吃酸葡萄的，自己的牙必酸倒。」這兒的「父親吃了酸葡萄，兒子的牙酸倒了」意謂「父罪子贖」、「前人犯罪，後代受罰」；「凡吃酸葡萄的，自己的牙必酸倒」則指「一人做事一人當」。

## ✝茵陳和苦膽

源自《耶利米書》第3章19節。詩人在國破家亡的困境中向上帝禱告說：「耶和華啊，求你記住我如茵陳和苦膽的困苦窘迫。我心中想起這些，就倍覺憂傷沈悶。」茵陳是一種有惡臭的植物，屬艾科，汁液極苦且有毒。後人以「茵陳和苦膽」比喻「極其困苦的生活」或「令人極度憂傷的經歷」。

## ✝有其母必有其女

源自《以西結書》第16章44節。大先知以西結譴責犯罪的以色列人說：「耶路撒冷啊，人家要用這句俗語指著你說：『有其母必有其女。』你確實是你母親的女兒，跟她一樣。她憎恨自己的丈夫和女兒，你和你姊妹也憎恨自己的丈夫和女兒。你和你那些姊妹都是赫人母親跟亞摩利人父親生的。」後人用此語喻指「子女完全繼承了父母的秉性」或是「後代完全承襲了前代的衣缽」。

## ✝枯骨復生

源自《以西結書》第37章10節。大先知以西結奉耶和華之命讓乾枯的屍骨復活，果然聽見「一陣響聲和震動，骨與肉便連結起來。」接著「又發現骨上長了筋，長了肉，又有皮遮蓋於其上。」先知再按耶和華的吩咐說預言，「氣息立即就進入他們裡面，他們就復活，並且站立起來，成為一隻極龐大的軍隊。」這一場面象徵著淪落異邦、仰人鼻息的希伯來人必重歸故鄉，再度強盛。後人用此語轉喻「死灰復燃」、「枯木逢春」、「絕路逢生」等。

## ✝半鐵半泥的腳

源自《但以理書》第2章33節。巴比倫王尼布甲尼撒作了一個惡夢，再也不能入睡，就四處找人解夢。猶太人但以理從上帝的異象中得知了夢的內容和意義，就去找尼布甲尼撒，對他說：「陛下夢見一頭金碧輝煌、甚為宏偉的大象，其狀恐怖，有金的頭、銀的胸和臂、銅的肚和腰、鐵的腿和半鐵半泥的腳。陛下正在觀看時，有一塊非人手所能鑿出的石頭打在大象半鐵半泥的腳上，把腳砸碎。整個巨象轟然倒塌，成為一堆金、銀、銅、鐵、泥的碎礫，它們像夏天禾場上的穀糠被風吹散，無處可尋；而打碎大象的巨石部變成一座大山，充滿整個世界。」但以理又解釋夢的含義說，尼布甲尼撒就是那純金的頭；其後有第二、第三、第四國興起，他們像銀、銅、鐵一樣，一代比一代衰落；再後是一個分裂的王國，有的部分強，有的部分弱，如同鐵泥混雜一般；最後有上帝確立的永恆國度出現，它將收拾殘局，像巨石一樣永遠堅立。在西方語言中，「半鐵半泥的腳」又稱「泥足」或「泥足巨人」，轉喻「日薄西山，必定要滅亡的腐朽事物。」

# ✝彌尼、彌尼、提客勒、烏法珥新

源自《但以理書》第5章25節。一天，巴比倫王伯沙撒在宮中大擺筵席，請一千位大臣縱飲狂歡。正在狂歡之際，突然有一隻手出現在宮中，手指在燈台對面的粉牆上寫字。伯沙撒王見狀臉色遽變，驚惶不安，連忙傳呼智者、術士和占星家都來解釋。智者們望著奇怪的字，誰也讀不出，更不知其中的意思。皇太后聞訊趕來，告訴伯沙撒，國中有一位智慧卓絕的猶太人，名叫但以理，他定能解釋。不久，但以理奉召晉見。但以理告訴伯沙撒：「你在上帝面前高傲自大，拿聖殿的器皿盛酒，還贊美不能聽、不能看、毫無感覺，用金、銀、銅、鐵、木、石所造的偶像，所以上帝要顯示出手指，寫字警告你。」接著又說：「寫的字是『彌尼、彌尼、提客勒、烏法珥新』。『彌尼』是『計算』的意思，是說上帝算出陛下統治的年日到此為止。『提客勒』是『稱』的意思，是說陛下在上帝的秤上不足分量。『烏法珥新』是『分裂』的意思，是說陛下的王國必定分裂，歸與瑪代人和波斯人。」當天夜裡，伯沙撒王就被殺死，瑪代人大利烏奪得城邑，登上王位。後來，「彌尼、彌尼、提客勒、烏法珥新」轉喻「不祥的徵兆」或「覆滅前的預兆」。

## ✝瑪代人和波斯人的禁令

源自《但以理書》第6章8節。瑪代人大利烏稱王時，猶太人但以理受命治理全國。一些官員出於嫉妒想陷想害他，便啟奏國王制定一條禁令：卅天內任何人不得向大利烏王以外的神或人求問，違者拋進獅子坑中。他們強調說：「瑪代人和波斯人的禁令是不能更改的」。但以理雖然聽說國王制定了禁令，部依如往常，每天三次上樓，打開面向耶路撒冷的窗戶，向本民族的上帝禱告。官員們發覺後擁入王宮，控告但以理違抗了王命，並再次強調「瑪代人和波斯人的禁令是不能更改的」。大利烏王只得下令把但以理扔進獅子坑。但上帝封住了獅子的口，但以理未受傷害。後來，被轉喻「金科玉律」、「不可更改的法令」。

## ✝播種風的人收穫暴風

源自《何西阿書》第8章7節。撒瑪利亞人祭拜金牛犢，先知何西阿予以嚴厲地譴責，並預言拜偶像者絕無好下場：「他們播的種子是風，收穫的只能是暴風。他們的禾稻長不出穗子，也做不出麵粉來；就是有收成，也必被外族人奪去。」後世西方人用此語表示「作惡者必定加倍受罰」，與我國俗語「玩火者必自焚」意近。

## ✝從火中抽出來的一根柴

源自《阿摩司書》第4章11節，針對一些國民屢犯罪惡，先知阿摩司傳達神諭說：「我要傾覆你們中間的城邑，如同我從前傾覆所多瑪和蛾摩拉一樣，使你們好像從火中抽出來的一根柴。」後來，此語轉喻「劫後餘生」。

## ✝獻出十分之一

源自《瑪拉基書》第3章8節等處。猶太教規定，以色列人應將收入的十分之一獻給上帝，用於修繕聖殿和維持祭司階層的生活，稱為「什一捐」。波斯統治時期，不少人違犯規定，拒不繳此稅。先知瑪拉基傳達神諭說：「你們把當歸給我的十分之一和其它該獻給我的都拿走了。你們舉國上下都這樣做，所以一定要受詛咒。如果你們把當納的十分之一全部送到我的倉庫裡，使我殿中的糧食充足，我就會打開天上的窗戶，把福澤傾倒下來，使你們一無所缺。」後來，西方人用「獻出十分之一」表示「盡義務」、「做出應有的奉獻」。

# ·第三輯·

（源自《馬太福音》）

## ✝福　音

見於《新約》「福音書」中文譯本卷名。在希臘文原著中見於《馬太福音》第11章5節、《路加福音》第7章22節等處。原義為「喜訊」或「好消息」，特指上帝的聖子耶穌基督道成肉身、降生於世，在世上生活、傳道、治病救人、行施神蹟、救贖罪人、受難、復活及升天的事蹟。記載這些事蹟的書被稱為「福音書」，即《馬太福音》、《馬可福音》、《路加福音》、《約翰福音》。在當代，除上述特定含義外，「福音」還轉喻各種世俗的好消息，意為「特大喜訊」。

## ✝吃的是蝗蟲、野蜜

源自《馬太福音》第3章4節。耶穌未傳道之先，有施洗者約翰在猶太的曠野傳道，說：「天國近了！你們應當悔改。」據說，這約翰「身穿駱駝毛的衣服，腰束皮帶，吃的是蝗蟲、野蜜。」後人以「吃的是蝗蟲、野蜜」喻指「生活清苦，飲食粗陋」。

## ✝ 斧頭已經放在樹根上

源自《馬太福音》第3章10節。施洗者約翰在約旦河為人們施洗，一些法利賽人和撒都該人也聞訊前來。約翰斥責他們：「你們這些毒蛇的後代！誰說只要受洗就能逃避上帝的憤怒呢？你們該以行為來證實自己是真正悔改。不要以為是亞伯拉罕的子孫就了不起，我告訴你們，上帝能從這些石頭中給亞伯拉罕興起子孫來。現在斧頭已經放在樹根上，不結好果子的樹都要砍下來，丟在火裡焚燒。」意思是說，上帝懲罰作惡者的時刻就要到來，即使虔信者的後裔也無法倖免。後人以此語比喻「萬事俱備，只欠東風」，「鏟除某事物的行動馬上就要開始」。

## ✝ 魔鬼也會引用《聖經》

源自《馬太福音》第4章6節。今喻「壞人辦壞事時常會尋找冠冕堂皇的根據」。參閱「撒旦，退去吧。」

## ✝撒旦，退去吧

源自《馬太福音》第4章10節。耶穌被聖靈帶到荒野接受魔鬼的試誘，禁食四十晝夜後非常飢餓。魔鬼對他說：「你如果是上帝的兒子，可以把這些石頭變成食物吃呀！」耶穌引用《聖經》中的話回答說：「人活著不是單靠食物，乃是靠上帝所說的一切話。」魔鬼又帶他來到耶路撒冷，讓他站在聖殿的殿頂上，說：「你如果是上帝的兒子，就跳下去吧！《聖經》上不是記著：『上帝會差派天使托住你，不讓你摔在地上』嗎？」耶穌駁斥他說：「《聖經》上也說：『不可試探主你的上帝。』」魔鬼再帶耶穌到一座極高的山上，把世界上的一切榮華富貴指給他看，說：「你只要拜我，這一切都送給你。」耶穌說：「撒旦，退去吧！《聖經》上記著：『當敬拜主你的上帝，單單侍奉他。』」魔鬼無計可施，只好離去。在後世西方語言中，此語表示了「嚴辭拒絕任何形式的試探和誘惑」。

## ✝八福

源自《馬太福音》第5章3～10節。耶穌在「登山寶訓」中提到八種有福的人，依次是：「貧窮的人有福了，因為天國是屬於他們的。哀慟的人有福了，因為他們必得安慰。溫和謙讓的人有福了，因為他們必承受土地。慕義若渴的人有福了，因為他們必得飽足。憐恤人的人有福了，因為他們必蒙憐恤。清心的人有福了，因為他們必得見上帝。使人和睦的人有福了，因為他們必稱為上帝的兒女。為義受逼迫的人有福了，因為天國是屬於他們的。」

## ✝世上的鹽

源自《馬太福音》第5章13節。耶穌教誨門徒說：「你們是世上的鹽。鹽如果失了味，又怎能再鹹呢？已經沒用，只好被人丟棄踐踏。你們又是世上的光，好像建在山上的城，為人所共見。」猶太人認為鹽不僅調味，還能起防腐作用，是重要的生活必需品；光可照亮黑暗，更為世人所必需。因此，他們用「鹽」和「光」比喻最出色的骨幹人物。後來此語特指「出類拔萃的優秀分子」、「社會中堅」、「中流砥柱」。

## ✝世上的光

源自《馬太福音》第5章14節。今喻「出類拔萃的優秀分子」、「社會中堅」「中流砥柱」。參閱「世上的鹽」。

## ✝不把燈放在斗底下

源自《馬太福音》第5章15節。耶穌教誨信徒說：「人們點燈，不會把它放在斗底下，而是放在燈台上，好讓屋子裡的人都享用它的光明。同樣，你們也應當在世人面前發亮發光，讓他們看見你們所作的種種善行，並讚頌你們的在天之父。」後人用「不把燈放在斗底下」表示「不埋沒自己的才華」、「不隱瞞自己的觀點」。有時也用，「把燈放在斗底下」表示「藏而不露」、「秘而不宣」。

## ✝是就說是，不是就說不是

源自《馬太福音》第5章27節。耶穌教誨信徒說話要誠實，「是就說是，不是就說不是；若再多說，就有惡意。」後人以此轉喻「說話辦事要態度明朗，贊成就說贊成，不贊成就說不贊成。」

## ✝寧可失去百體中的一體，不叫全身下入地獄

源自《馬太福音》第5章29節。耶穌登山訓眾時告誡門徒：「若是你的右眼叫你跌倒，就剜出來丟掉，寧可失去百體中的一體，不叫全身下入地獄。若是右手叫你跌倒，就砍下來丟掉，寧可失去百體中的一體，不叫全身下入地獄。」後人用此語轉喻「寧可犧牲局部，也不能全軍覆沒」。與我國成語「丟卒保車」意近。

## ✝有人打你的右臉，連左臉也轉過來由他打

源自《馬太福音》第5章39節。耶穌登山訓眾時告誡門徒：「你們聽見有話說：『以眼還眼，以牙還牙。』只是我告訴你們，不要與惡人作對。有人打你的右臉，連左臉也轉過來由他打；有人想告你，要拿走你的襯衣，連外衣也由他拿去；有人強迫你走一里，你就同他走二里。」這段話體現了「以善抑惡」的倫理主張。後來喻指「不可報復」、「要以寬宏之心感化惡人」。

## ✝要愛你們的仇敵，為逼迫你們的人禱告

源自《馬太福音》第5章44節。耶穌登山訓眾時告誡門徒：「你們聽見有話說：『當愛你的鄰舍，恨你的仇敵。』只是我告訴你們，要愛你們的仇敵，為逼迫你們的人禱告。這樣，你們就可以作你們天父的兒子，因為他叫日頭照好人，也照歹人；降雨給義人，也給不義的人。」後來，此語成為表達基督教博愛觀念的名言。

## ✝右手所作的不要讓左手知道

源自《馬太福音》第6章3節。耶穌時代，耶路撒冷的街市上常有乞丐向路人乞討，渴望得到施捨。一些假冒為善的法利賽人乘機炫耀自己，利用濟貧大吹大擂，高聲張揚，故意嘩眾取寵。耶穌對這種行徑十分反感，便告誡門徒：「周濟窮人的時候，不要大吹大擂，像那些偽君子一樣，在大庭廣眾面前自我宣傳，以博取人家的稱讚。……你們行善時要暗暗地行，右手所作的不要讓左手知道，這樣，你們的天父就會賞賜你們。」後來，此語泛指「要做好事不留名」。

## ✝阿門

源自《馬太福音》第6章13節等處。耶穌告誡門徒，禱告時要這樣說：「我們在天上的父，願人都尊你的名為聖。……因為國度、權柄、榮耀全是你的，直到永遠。阿門。」「阿門」意謂「確實如此」、「誠心所願」。後世猶太教徒和基督徒祈禱結束時都說此語。有時，其他人也用此語表示對某事的贊同態度。

## ✝財物在哪裡，心也在哪裡

源自《馬太福音》第6章21節。耶穌講論積財之法時說：「不要為自己在世上積聚財富，因為世間的財物會被蟲蛀，會生銹，又有賊來偷。要把財富積存在天上，天上沒有蛀蟲，不會生銹，也沒有賊來偷。須知你的財物在哪裡，你的心也在哪裡。」以此勸人擯棄世間的物質財富，而追求屬天的靈性財富。後人用「財物在哪裡，心也在哪裡」喻指一心追逐物質財富的貪婪之徒。

## ✝侍奉兩個主

源自《馬太福音》第6章24節。耶穌告誡門徒：「一個人不能侍奉兩個主。不是惡這個愛那個，就是重這個輕那個。你們不能又侍奉上帝，又侍奉瑪門。」這裡「侍奉兩個主」原指「為兩個主子效命」，後轉喻「一心二用」、「腳踏兩隻船」。

## ✝不能又侍奉上帝，又侍奉瑪門

源自《馬太福音》第6章24節。「瑪門」意謂「財利」。此語句原指一個人既要虔心信奉上帝，就不能貪愛錢財。後引申為「崇高的精神追求和卑劣的物質欲望水火不相容」。參閱「侍奉兩個主」。

## ✝只見別人眼中有刺，不見自己眼中有梁木

源自《馬太福音》第7章3節。耶穌認為，欲正人必先正己。他批評不懂這道理的人

說：「為什麼只見你兄弟眼中有刺，卻不見自己眼中有梁木呢？你自己眼中有梁木，怎能對你兄弟說：『容我去掉你眼中的刺呢』？你這假冒為善的人，先去掉自己眼中的梁木，然後才能看得清楚，去掉你兄弟眼中的刺。」後人以「眼中的刺」比喻「小毛病」，以「眼中的梁木」比喻「大缺點」，以「只見別人眼中有刺，不見自己眼中有梁木」比喻「待人苛刻，律己寬鬆。」

## ✝不可把珍珠丟在豬前

源自《馬太福音》第7章6節。耶穌教誨信徒說：「不要把聖物丟給狗，也不可把珍珠丟在豬前，因為豬會把珍珠踐踏糟蹋，狗則會轉過頭來，向你們狂噬。」後人以此語轉喻「不可把珍貴物品交給不識貨的人」或是「不可把真心話講給居心叵測的小人」。

## ✝叩門，就給你們開門

源自《馬太福音》第7章7節。耶穌登山訓眾時對門徒說：「你們祈求，就給你們；尋找，就尋見；叩門，就給你們開門。因此凡祈求的，就得著；尋找的，就尋見；叩門的，就給他開門。」意謂只要誠心追求，鍥而不捨，就能如願以償。與我國成語「精誠所至，金石為開」、「功到自然成」意近。

## ✝要餅時給石頭

源自《馬太福音》第7章9節。耶穌對眾人說：「你們作父親的，誰會在兒子要餅時給他石頭，要魚時給他毒蛇呢？你們雖然不好，還懂得把好東西給兒女，你們的天父不更會把好東西賜給向他祈求的人嗎？」後人以「要餅時給石頭」比喻「所予非所求」或是「愚弄求助於自己的人」。

## ✝窄　門

源自《馬太福音》第7章13節。耶穌登山訓眾時告誡門徒：「你們要進窄門。因為引到滅亡的門是寬的，路是大的，進去的人多；引到永生的門是窄的，路是小的，找著的人少。」據此，後世西方人以「窄門」喻指「正路」以及「正確的人生方向」。

## ✝披著羊皮的豺狼

源自《馬太福音》第7章15節。耶穌告誡眾人，「你們要提防假先知。他們外表馴良如羔羊，骨子裡卻像豺狼，凶殘成性。從他們的所作所為可以認清他們。」後人由此概括出「披著羊皮的豺狼」一語，轉喻「偽裝友善的陰險敵人」。

## ✝憑著果子認優劣

源自《馬太福音》第7章20節。耶穌告誡門徒，要提防假先知，認清披著羊皮的豺狼。說：「荊棘怎能結出葡萄呢？蒺藜怎能結出無花果呢？好樹只會結好果而不結壞果，壞樹只會結壞果而不結好果。凡不結好果的樹，都要砍下來，丟在火裡。所以，憑著果子，就可以認出樹的優劣。後來，此語轉喻「觀其言行，就可識別某人的善惡。」

## ✝建立在磐石上

源自《馬太福音》第7章24節。耶穌告誡眾人：「聽從我的教訓又去實行的人，就好像一個聰明人把房子建立在磐石上。任憑風吹雨打，洪水沖擊，房子仍屹立不倒，因為它的根基穩固。」後來，人們以此語描述信仰、友誼、愛情等的基礎牢固。

## ✝建立在沙灘上

源自《馬太福音》第7章26節。耶穌告誡眾人：「聽了我的教訓不去實行的人，就好像一個愚蠢人把房子建立在沙灘上。由於經不起風吹雨打和洪水的沖擊，房子很快就倒塌了，而且塌得很徹底。」後來，人們以此語描述信仰、友誼、愛情等的基礎不牢固。

## ✝任憑死人埋葬他們的死人

源自《馬太福音》第8章22節。一個門徒對耶穌說：「主啊，我先回去安葬我的父親，再跟從你，好嗎？」耶穌回答：「任憑死人埋葬他們的死人；你來跟從我吧。」意思是說，世間的喪事應由不得永生的人料理，你既走上了永生之路，就不必瞻前顧後。後來，此語轉喻「讓過去的事過去吧」、「把往事置於腦後吧」！

## ✝把腳上的塵土抖掉

源自《馬太福音》第10章14節。耶穌差遣十二個門徒外出傳福音，臨行時吩咐他們，無論到哪個城、哪個村，都要住在虔誠的人家，「你們進那家的時候，要為他們祝福。如果這家配得祝福，你們祈求的平安就歸他們；如果不配，所求的平安就仍屬於你們。對那些不接待你們，又不肯聽你們教訓的人，當你們離開那地方時，就要把腳上的塵土抖掉。」意思是說，遇到不恭敬的人時，要堅決離開，毫不猶豫。後來，此語轉喻「斷然絕交」。

## ✝靈巧像蛇，馴良像鴿子

源自《馬太福音》第10章16節。耶穌派遣門徒到各地傳道，為人們醫治疾病、驅逐污鬼，他們深得民心，卻遭到猶太教當權者的仇恨。為此，耶穌告誡他們：「我差你們去，如同羊進入狼群；所以你們要靈巧像蛇，馴良像鴿子。你們要防備人，因為他們要把你們交給公會，還要在會堂裡鞭打你們。」意思是說，門徒既要像蛇一樣機靈，隨機應變；又要像鴿子一樣純樸，溫馴善良。後人用此語比喻「既機智靈活，又舉止文雅。」

## ✝掩蓋的事沒有不暴露的

源自《馬太福音》第10章26節。耶穌勉勵信徒說：「不要怕那些迫害你們的人。因為掩蓋的事沒有不暴露的，隱藏的事沒有不為人所知的。」此語與我國民諺「紙裡包不住火」、「若要人不知，除非己莫為」意近。

## ✝到屋頂上宣揚

源自《馬太福音》第10章27節。耶穌告訴門徒：「你們要把我私下講給你們的事當眾宣揚，把你們耳中所聽見的事到屋頂上宣揚。」意思是門徒們應當廣為傳播耶穌的言論。後來，「到屋頂上宣揚」轉喻「大聲張揚」、「使隱秘之事大白於天下」。

## ✝一杯清涼的水

源自《馬太福音》第10章42節。耶穌對門徒說：「為了某人是先知而接待他的，那人必得到和先知一樣的賞賜；為了某人是義人而接待他的，那人必得到和義人一樣的賞賜。無論是誰，為了某人是我的門徒（雖然這門徒是個小輩），就給他一杯清涼的水喝，我確實地告訴你們，那人也不能不得到賞賜。」這段話原意是說，以善行待人的人，無論其善行大小，都會得到獎賞。後人以「一杯清涼的水」比喻「滴水之恩」、「禮輕情意重」。

## ✝被風吹動的蘆葦

源自《馬太福音》第11章7節。耶穌對眾人講論施洗者約翰說：「你們從前到曠野去，是要看什麼呢？要看被風吹動的蘆葦嗎？……是要看先知嗎？我告訴你們，是的，他比先知大多了。」語中「被風吹動的蘆葦」後來喻指「缺乏主見、隨波逐流的人。」

## ✝我向你們吹笛，你們不跳舞

源自《馬太福音》第11章17節。耶穌論及當時猶太社會麻木不仁的狀況時說：「我可以用什麼比喻這世代呢？好像孩童坐在街市上招呼同伴，說：『我向你們吹笛，你們不跳舞；我向你們舉哀，你們不捶胸。』」後來，西方人用此語比喻「聽而不聞，視而不見」、「無動於衷」。由此引申而來的「聞笛起舞」則表示「聞令必行，聞禁必止。」

## ✝靠著鬼王別西卜趕鬼

源自《馬太福音》第12章24節。有人將一個被鬼附著、又瞎又啞的人帶到耶穌跟前，耶穌很快治好了他，使他眼能看見、口能說話。眾人都非常驚奇，但法利賽人卻說：「這個人趕鬼，無非是靠著鬼王別西卜罷了。」這裡所說的「別西卜」意為「蒼蠅之主」，是《聖經》中記載的鬼王。耶穌反問道：「我若靠著別西卜趕鬼，你們的子弟趕鬼又靠著誰呢？」他申明，他趕鬼乃是靠著上帝的靈。後來，「靠著鬼王別西卜趕鬼」轉喻「以惡除惡」、「以毒攻毒」。

## ✝觀其果而知其樹

源自《馬太福音》第12章33節。耶穌講道時說：「好樹結好果子，壞樹結壞果子；從果子的優劣，就能分辨出樹的好壞。」後人以「觀其果而知其樹」比喻「觀其行而知其人」。

## ✝心裡所充滿的，口裡就說出來

源自《馬太福音》第12章34節。耶穌指責法利賽人說：「毒蛇的種類！你們既是惡人，怎能說出好話來呢？因為心裡所充滿的，口裡就說出來。善人從心裡所存的善就發出善語，惡人從心裡所存的惡就發出惡語。」後人用此語表示「言為心聲」。與我們常說的「從水管裡流出的都是水，從血管裡流出的都是血」意近。

## ✝看哪，這裡有一人比所羅門更大

源自《馬太福音》第12章42節。耶穌對文士和法利賽人說：「當審判的時候，南方的女王要起來定這世代的罪，因為她從地極而來，要聽所羅門的智慧話。看哪，這裡有一人比所羅門更大。」這個「南方的女王」是指示巴女王。據《列王紀（上）》第10章記載，她曾攜帶許多香料、寶石和金子從阿拉伯半島南端的示巴國前往巴勒斯坦，拜訪所羅門。所羅門和她交談時對答如流，她對所羅門的智慧欽佩不已。耶穌說「這裡有一人比所羅門更大」，是說自己遠遠勝過所羅門。後來，此語轉喻「具有非凡才智之人」或「技壓群芳的人」。

## ✝有耳可聽的，就要留心聽

源自《馬太福音》第13章9節。一天，耶穌在海邊的船上向眾人講道說：一個農夫出去撒種，有些種子撒在路旁，不一會兒就被飛鳥吃光；有些撒在淺土中，雖然很快發了芽，但因泥土不深，無法扎根，太陽一曬就枯乾了；還有些撒在荊棘叢中，荊棘長起來後，便把幼苗壓死；也有一些撒在肥沃的深土裡，自然結出了飽滿的籽粒，獲得卅倍、六十倍、一百倍的收成。講完這段話，耶穌說：「有耳可聽的，就要留心聽。」後來此語用以勸人「認真聆聽並虛心接受別人的意見」。

## ✝看也看不見，聽也聽不見

源自《馬太福音》第13章13節。耶穌的門徒問耶穌說：「你對眾人講話為什麼總用比喻呢？」耶穌回答說：「我用比喻對他們講，是因為他們看也看不見，聽也聽不見，也不明白。在他們身上，正應了以賽亞的預言，說：『你們聽是要聽見，卻不明白；看是要看見，卻不曉得。』」後人用此語比喻「視而不見，聽而不聞。」

## ✝先把稗子分出來

源自《馬太福音》第13章30節。耶穌傳道時講過一個比喻：一個農夫將挑選過的種子撒在麥田裡，夜裡當他熟睡時，他的敵人把稗子也偷偷撒在麥田裡。當麥子長苗吐穗時，稗子也一齊長了出來。僕人看到後對主人說：「我們把那些稗子拔掉吧！」主人回答：「不用，因為拔稗子會連麥子一齊拔掉。讓它生長下去，到收割的時候，我會吩咐工人先把稗子分出來，紮成捆留著燒，然後再將麥子存入穀倉。」在後世西方語言中，「先把稗子分出來」轉喻「要善於區分善惡、明辨是非。」

## ✝ 一粒芥菜籽

源自《馬太福音》第13章31節。耶穌講道時曾說：「天國正像一粒芥菜籽，被人撒在田裡。它雖然是種子中最小的，卻能長得比其他蔬菜都大，枝幹粗壯得像小樹一樣，甚至天空的飛鳥也來棲息。」後來，「一粒芥菜籽」比喻「有著極大發展前途的小東西」。

## ✝ 五餅二魚

源自《馬太福音》第14章19節。一天，大約五千人到曠野聽耶穌講道。黃昏時，一個門徒走來，對耶穌說：「時間不早了，這荒野裡沒有吃的，還是趕快讓眾人到附近的村莊去，各自買東西吃吧。」耶穌說：「不用。還是你們供給他們食物吧。」門徒不解地說：「這怎麼可能呢？我們只有五個餅，兩條魚。」耶穌說：「拿來給我！」然後叫眾人坐在草地上，他拿起五個餅和兩條魚，向天禱告，接著掰開，遞給門徒，讓門徒再分給大家。大家不但都吃飽了，而且還剩下許多，收拾起來，竟裝了滿滿十二籃子。後來，基督徒以「五餅二魚」比喻「靈糧」（靈性的糧食），普通人則轉喻「神蹟奇事」、「異乎尋常之事」。

## ✝ 瞎子領瞎子

源自《馬太福音》第15章14節。幾個法利賽人和律法師質問耶穌：「你的門徒為什麼飯前不行『洗手』禮，破壞祖先傳統呢？」耶穌反問道：「你們為什麼只拘守祖先的傳統，卻違反上帝的誡命呢？上帝說：『當孝敬父母』，你們卻提倡只要把金錢奉獻給上帝，就可以不供養父母了。」耶穌接著召集眾人說：「吃下去的東西不會使人污穢，只有從口裡出來的才會使人污穢。」門徒告訴他：「法利賽人對這話非常反感。」耶穌回答：「任憑他們去吧，他們是瞎眼的領路人。若是瞎子領瞎子，兩個人都要掉進坑裡去。」後來，西方人用「瞎子領瞎子」比喻「昏庸的嚮導帶領盲目的眾人，必定同歸覆滅。」

## ✝ 天上的氣色

源自《馬太福音》第16章3節。一天，幾個法利賽人和撒都該人來找耶穌，要他從天上顯個神蹟給他們看。耶穌回答說：「你們都是善觀天色的，如果傍晚時出現紅霞，就知道明天必定放晴，如果在早晨看見天色發紅，便知道當天必有風雨。你們曉得分辨天上的氣色，卻看不出這是個怎樣的時代；在這邪惡淫亂的時代，除了約拿的神蹟以外，休想再看見別的神蹟了！」約拿是《舊約》記載的十二小先知之一，曾被大魚吞入腹中三天三夜，又被吐到岸上，遵上帝之命去尼尼微城傳道。後人用「天上的氣色」轉喻「時代的風雲」。

## ✝天國的鑰匙

源自《馬太福音》第16章19節。耶穌在該撒利亞腓立比境內傳道時，一天詢問門徒：「外界的人說我是誰？」門徒們回答：「有人說你是施洗者約翰，有人說你是以利亞，還有人說你是耶利米，或是其他先知中的一個。」耶穌又問：「那麼，你們說我是誰呢？」彼得立刻回答：「你是救主基督，是永生上帝的兒子！」耶穌高興地對他說：「約拿的兒子西門啊，你是有福的！因為這件不是屬血肉的人告訴你的，而是上帝親自啟示你的。今後你要叫『彼得』就是『磐石』，我要在這磐石上建立教會，死亡的勢力不能勝過它。我還要把天國的鑰鑰匙交給你。凡你在地上捆綁的，在天上也要捆綁；凡你在地上釋放的，在天上也要釋放。」後來，西方人用「鑰匙」代指「權力」，用「天國的鑰匙」喻指「神權」，等於是「至高無上的權力」。

## ✝七十個七次

源自《馬太福音》第18章22節，一次，使徒彼得問耶穌：「如果有人得罪了我，我該饒恕他多少次呢？七次夠了嗎？」耶穌回答：「不是七次，乃是七十個七次。」還說：「如果你們不肯甘心樂意地寬恕人，我的天父也要這樣對待你們。」這裡「七十個七次」即言次數之多，表示饒恕人必須完全徹底。後來代指「許許多多次」、「無數次」。

## ✝駱駝穿過針眼

源自《馬可福音》第19章24節。有個青年人來請教耶穌，做什麼善事才能獲得永生？耶穌說，要想得永生，就必須遵守上帝的誡命，不殺人、不姦淫、不偷盜、不作偽證、孝敬父母，並愛人如己。那青年人說，這些我早已遵守了，還要再做什麼呢？耶穌告訴他：「你去變賣所有的產業救濟窮人，把財富積攢在天上；此外還要來跟隨我。」他聽後，便垂頭喪氣地走了，因為他非常富有。耶穌事後對門徒說：「有錢人進天國真是難上難啊！我告訴你們，駱駝穿過針眼，比富人進天國還容易呢！」後人用「駱駝穿過針眼」比喻「不可能辦到的事」、「難於登天的事」。

## ✝不結果子的無花果樹

源自《馬可福音》第21章19節。耶穌從伯大尼回耶路撒冷的路上感到很餓，就走到一顆無花果樹前，但樹上只有樹葉而沒有果子。於是耶穌詛咒說：「從今以後，你永遠不再結果子。」那無花果樹立刻就枯乾了。後人從中引出「不結果子的無花果樹」一語，諷刺不生育的婦女，或做不出成果的專家、學者。

## ✝被邀請的人多，選上的人少

源自《馬可福音》第22章14節。耶穌講到天國時打比方說：有一次，一位國王為兒子擺設了結婚宴席，派僕人去通知賓客們前來赴宴，可是沒有人願意來。於是又派出一批僕人請賓客，但接到邀請者仍不理會，有人甚至抓住僕人拳打腳踢，乃至殺死。國王大怒，就叫僕人追殺兇手，然後到大街上去，無論碰到誰，都請來參加宴席。僕人們便到街上，邀集他們遇到的所有人，不論好人還是壞人；這使婚姻大廳到處擠滿了人。國王出來會見賓客，見一個人沒穿參加婚禮的衣服，便問：「你來這裡怎麼不穿禮服呢？」那人卻一言不發。於是國王吩咐僕人把他的手腳捆綁起來，扔到外面的黑夜中去。耶穌講完這個故事，說：「被邀請的人多，選上的人卻很少」，以論證想進天國的人很多，但真正能進的並不多。後人以此轉喻「假的多，真的少」，「數量多，質量合格的少」以及「奮鬥者多，成功者少」。

## ✝法利賽人

源自《馬太福音》第23章15節等處。耶穌傳道時多次痛責法利賽人，如：「你們這假冒為善的文士和法利賽人有禍了！因為你們走遍海洋陸地，勾引人入教；既入了教，卻使他做地獄之子，比你們還加倍。」「法利賽人」原意為「分離者」，是公元前二世紀至後二世紀猶太教上層人物中的一派。因標榜維護猶太教傳統、反對希臘文化影響、主張同外教人嚴格分離而得名。他們反對耶穌宣傳的新教義，多次指責耶穌觸犯了猶太教信條；他們肆意侵吞寡婦的財產，卻假裝虔誠，故意作很長時間的禱告；他們施捨濟貧時大吹大擂，故意叫別人看見，借以誇耀自己。在後世西方的語言中，「法利賽人」喻指「偽君子」、「偽善者」。

## ✝蠓蟲濾出，駱駝吞下

源自《馬太福音》第23章24節。耶穌指責文士和法利賽人說：「可惡的文士和法利賽人啊！你們這些偽君子，薄荷、茴香、芹菜你們獻上十分之一，而律法上更重要的事，就是公義、憐憫和信實，你們反倒不實行。……你們這些瞎眼的嚮導，蠓蟲你們濾出來，駱駝你們倒吞下去。」「蠓蟲濾出，駱駝吞下」是說只做細枝末節的小事，不做舉足輕重的大事。後來，此語轉喻「捨本逐末」、「主次不分」、「輕重倒置」。與我國俗語「撿了芝麻，丟了大餅」意近。

## ✝粉飾的墳墓

源自《馬太福音》第23章27節。耶穌歷數法利賽人的禍患時說：「可惡的法利賽人啊！你們這些偽君子，活像粉飾的墳墓：外表富麗堂皇，裡面卻裝滿死人的骨頭和各種污物。你們虛有聖潔的外表，內心卻充滿各種詭計和罪惡！」後來「粉飾的墳墓」轉喻「金玉其外，敗絮其中」還有「外表道貌岸然，實則男盜女娼。」

## ✝充滿祖宗的惡貫

源自《馬太福音》第23章32節。耶穌指責法利賽人，說他們明明是逼殺先知者的後代，卻偽善地為先知建造墳墓，為義人修造紀念碑，還誇口「我們如果活在那時，絕不會參與殺害先知的勾當。」耶穌痛斥他們；「去充滿你們祖宗的惡貫吧！你們這些毒蛇的後代，怎能逃脫地獄的刑罰！」「充滿祖宗的惡貫」指罪惡的家族一脈相承，與我國成語「衣缽相傳」、「謬種流傳」意近。

## ✝沒有一塊石頭留在另一塊石頭上

源自《馬太福音》第24章2節。耶穌被猶太教大祭司和法利賽人捉拿之前，向門徒預言耶路撒冷聖殿的毀滅，說：「你們不是看見這殿宇了嗎？我確實地告訴你們，將來在這裡，沒有一塊石頭留在另一塊石頭上不被拆毀。」後人用此語表示「某地將遭到徹底破壞」。

## ✝挪亞的日子

源自《馬太福音》第24章37節。耶穌告誡門徒要警醒等待，因為無人知道主再來的日子是哪一天；「那日子，那時辰，沒有人知道，連天上的使者也不知道，子也不知道，惟獨父知道。挪亞的日子怎樣，人子降臨也要怎樣。當洪水以前的日子，人們照常吃喝嫁娶，直到挪亞進方舟的那日；不知不覺洪水來了，把他們全部沖去。人子降臨也要這樣。」語中的「子」和「人子」是耶穌的自稱，都指「基督」或「主」。據《創世紀》載，挪亞是人類始祖亞當的第九世孫，挪亞造方舟躲避大洪水發生在上帝創世造人後不久。因此，在西方語言中，「挪亞的日子」喻指「遠古時代」、「在很久很久以前」。

## ✝洪水以前的日子

源自《馬太福音》第24章38節。今喻「很久很久以前」、「在遙遠的古代」。參閱「挪亞的日子」。

# ✝糊塗的伴娘

源自《馬太福音》第25章2節。耶穌講道時講過一個「提燈備油」的故事：有十個伴娘提著燈去迎接新郎，其中五個糊塗，五個聰明。五個糊塗的只顧提燈，都忘了備油；五個聰明的不但提燈，也準備了充足的油。新郎遲遲未來，她們等得困倦了，就打著瞌睡睡著了。到了半夜，朦朧中忽然聽見有人喊：「新郎來了！快迎接吧！」伴娘們從夢中驚醒，連忙把燈點亮。糊塗的伴娘這才發覺油不夠，便向聰明的說：「給我們一點油吧，我們的燈快滅了！」聰明的回答：「不行，我們的油也不很多，你們趕快到油店去買吧！」她們去油店買油時，新郎來了。那五位聰明的伴娘迎接了他，和他一同享受了婚筵。另五位買油回來，發覺門已經關了，便在門外呼叫：「主啊！主啊！請開門吧！」新郎卻說：「我確實地告訴你們，我根本不認識你們。」耶穌講完這個故事，告誡信徒說：「你們要提高警覺，因為你們不知道我在哪一天和什麼時候來。」後來，人們利用「糊塗的伴娘」來喻指「辦事丟三落四的人」。

## ✝聰明的伴娘

源自《馬太福音》第25章2節。今喻「辦事有條有理的人」。參閱「糊塗的伴娘」。

## ✝把銀圓埋在地裡

源自《馬太福音》第25章25節。耶穌傳道時講過一個故事：一個人要出門遠行，臨走前召來自己的三個僕人，分別把五千、二千和一千銀圓交給他們。主人走後，拿了五千銀圓的立刻從事買賣，又賺了五千；拿了二千銀圓的也賺了二千；而拿了一千銀圓的卻挖了個洞，把錢藏在地裡。過些天主人回來查賬，誇獎拿五千和二千銀圓的僕人能幹。那拿一千的僕人進門後說：「主人，我知道你為人刻薄，沒有種的地方要收割，沒有散的地方要聚斂。我怕自己賺了錢會被你奪去，就把你的一千銀圓埋在地裡。看，這就是你的一千銀圓，現在原封不動地還給你。」後來，西方人將「把銀圓埋在地裡」這句話，喻指「埋沒才能，未發揮應有的作用。」

## ✝沒有種的地方要收割

源自《馬太福音》第25章25節。今喻「不勞而獲」、「坐享其成」。參閱「把銀圓埋在地裡」。

## ✝分別綿羊和山羊

源自《馬太福音》第25章31節。耶穌講到末日審判時說：「當我在榮耀中率領眾天使來臨的時候，要坐在榮耀的寶座上，全世界的人都要群集在我面前。我要把義和不義的人區分出來，像分別綿羊和山羊一般；綿羊在右邊，山羊在左邊。」後來，人們用「分別綿羊和山羊」喻指「分清良莠」、「區分善惡」。

## ✝三十塊錢

源自《馬太福音》第26章15節。耶穌的門徒加略人猶大去見猶太祭司長，說：「我把耶穌交給你們，你們願意給多少錢？」他們就給了他三十塊錢。從這以後，猶大就找機會帶他們捉拿耶穌。後來，西方人用「三十塊錢」比喻「骯髒的錢財」、「不義之財」。

## ✝請把這苦杯拿去

源自《馬太福音》第26章39節。耶穌被捉拿前夕，帶門徒來到客西馬尼園。他讓眾人留下，只帶著彼得和西庇太的兩個兒子雅各和約翰再向前走。接著停下來，伏在地上禱告說：「父啊，倘若可行，請你把這苦杯拿去。可是，不要照我的意思，只要照你自己的旨意。」句中的「苦杯」指「死亡的苦難」。後人用「請把這苦杯拿去」表示「不要讓災難降臨在我頭上」。

## ✝心靈雖然願意，肉體卻是軟弱的

源自《馬太福音》第26章41節。耶穌和門徒共進最後的晚餐後，來到橄欖山側的客西馬尼園。他知道自己將死，心中十分難過。他要彼得、雅各、約翰三個門徒和他一起警醒禱告，自己則稍往前走，伏在地上懇切祈禱。禱畢回來，發現三個門徒都睡著了，就說：「彼得、彼得，你們難道不能跟我一同警醒一會兒嗎？你們總要警醒禱告，免得陷入魔鬼的圈套。你們的心靈雖然願意，肉體卻是軟弱的。」後來，此語轉喻「力不從心」、「心有餘而力不足」。

## ✝凡動刀的必死在刀下

源自《馬太福音》第26章52節。教徒猶大出賣了耶穌，帶領祭司長和一群提刀持棍的人到客西馬尼園捉拿他。耶穌的一個門徒見勢頭不對，馬上就拔刀，揮手砍掉一個大祭司僕人的耳朵。耶穌見狀，立即制止他，說：「收刀入鞘吧！凡動刀的，必死在刀下。難道你不曉得，我可以求父派大隊天使來保護我嗎？」此語今喻「玩火者必自焚」以及「害人者必害己」。

## ✝收刀入鞘

源自《馬太福音》第26章52節。今喻「刀槍入庫」、「馬放南山」。參閱「凡動刀的必死在刀下」。

## ✝從本丟到彼拉多

源自《馬太福音》第27章2節。彼拉多是羅馬皇帝提庇留派駐猶太地區的巡撫，公元廿六～卅六年在位。在位時曾主持審判耶穌，迫於法利賽派權貴的壓力，下令把耶穌釘死在十字架上。他的全名是本丟・彼拉多（pontius Pilate），簡稱「本丟」或「彼拉多」。因此，「本丟」和「彼拉多」實際上是同一回事，「從本丟到彼拉多」意謂「一而二，二而一」，「無意義的同義反覆」。

## ✝在眾人面前洗手

源自《馬太福音》第27章24節。耶穌傳教時代，猶太國處在羅馬帝國的管轄之下。在耶路撒冷，行使權力的是羅馬皇帝凱撒派去的巡撫彼拉多。按照常例，每逢逾越節，巡撫要依從眾人的要求釋放一個囚犯，以示羅馬統治者的寬宏和仁慈。耶穌被捉拿後，押送到彼拉多處，彼拉多了解到猶太祭司長和法利賽人只是因為嫉妒才把他押解來，便想放了他。但祭司長等人不同意，高聲要求釋放另一個囚犯巴拉巴，而把耶穌釘上十字架。巡撫問：「為什麼呢？他做了什麼惡事呢？」他們不回答，只是呼喊：「把他釘十字架！」彼拉多看到說也沒用，反而會生亂子，「就拿水在眾人面前洗手」，說：「流這義人的血，罪不在我，你們承當吧。」隨後作出判決，把耶穌釘上十字架。「在眾人面前洗手」原是一種猶太古俗，表明自己清白無辜，對某件事不承擔責任。後來轉喻「潔身自好」或「推卸責任」。

## ✝天使已經把石頭推開

源自《馬太福音》第28章2節。耶穌遇難，被葬入墳墓後，星期日的黎明時分，抹大拉鎮的屬利亞和另一位馬利亞一同去墓地。突然，地動山搖，上帝的使者從天而降，把堵著墓穴的石頭推開，坐在上面。天使對婦女們說：「不要害怕！我知道你們是尋找那釘十字架的耶穌。他不在這裡，已照他所說的復活了。」後人從中引出「天使已經把石頭推開」一語，喻指「障礙已經排除」、「困難已經克服」。

## ✝復　活

源自《馬太福音》第28章6節等處。原指耶穌被釘十字架三日後從死裡復活。今轉喻

「某人在精神上獲得新生命」。參閱「天使已經把石頭推開」。

# ・第四輯・

（源自《馬可福音》至《約翰福音》）

## ✝安息日是為人設立的

源自《馬可福音》第2章27節。摩西律法規定，安息日必須停止一切工作，專心侍奉上帝。耶穌對此如不以為然。某個安息日，他帶門徒穿過谷地，門徒們餓了，就採摘地裡的穀穗吃。法利賽人見狀大為不滿，指責耶穌說：「你為什麼允許門徒在安息日做律法禁止的事呢？」耶穌回答：「你們竟毫不知曉大衛需要食物充飢時的所作所為。飢餓迫使他和隨從們定走進聖殿，取獻給上帝的供品為食。……依照律法，只有祭司能吃供品，但大衛不僅自己吃供品，甚至還讓隨從吃。」耶穌最後說：「安息日是為人設立的，人不是為安息日設立的。」後來，此語轉喻「一切應以人為中心」，「不必恪守死板教條」。

## ✝先知在故鄉無人尊敬

自《馬可福音》第6章4節。耶穌從外地回到寨鄉拿撒勒，於安息日在會堂講道。鄉親們聽了都很驚奇，紛紛說：「這個人從哪裡學來了這些本領？從怎麼會有這種智慧？」很快有人認出耶穌原是本地人，便說：「他不是那個木匠嗎？他不是馬利亞的大兒子嗎？他不是雅各、約西、猶大、西門的哥哥嗎？他的妹妹們不也住在我們這裡嗎？」於是便厭棄他，紛紛離他而去。耶穌見狀慨嘆說：「先知除了在本族本鄉以外，沒有不受人尊敬的。」後人由此引申出「先知在故鄉無人尊敬」，說明「本地的薑不辣」。與我國俗語「牆裡開花牆外香」、「物離鄉貴」意近。

## ✝沒有牧人的羊

源自《馬可福音》第6章34節。這節說：「耶穌出來，見有許多的人，就憐憫他們，因為他們如同沒有牧人的羊一般；於是開口教訓他們許多道理。」後來，「沒有牧人的羊」轉喻「烏合之眾」。與我國成語「群龍無首」意近。

## ✝背起十字架

源自《馬可福音》第8章34節。耶穌向門徒預言自己的受難和復活時說：「若有人要跟從我，就當捨己，背起他的十字架來跟從我。」十字架是古代羅馬帝國的殘酷刑具，一般由兩根木料交叉而成，形狀近於中文的「十」字。行刑時將受刑者的兩手分別釘於橫木的兩端，雙足重疊釘於直木的下方，然後將木架豎起，使受刑者在極端痛苦中斷氣。據《聖經》記載，耶穌即被釘十字架而死。耶穌要門徒背起十字架，是說必須有充分的思想準備，為了傳教事業隨時吃苦受難，甚至犧牲自己的生命。後來，此語轉喻「自願背負重擔，為實現某一崇高的目標不惜以身相殉。」我國古時有「抬起棺材上戰場」之說，與此意近。

## ✝凱撒的物當歸給凱撒

源自《馬可福音》第12章17節。法利賽人和希律黨人來試探耶穌，問他：「納稅給凱撒對不對呢？我們該不該納呢？當時巴勒斯坦處在羅馬帝國的統治下，猶太人納稅要用羅馬錢幣，到聖殿獻祭則用猶太銀兩。耶穌便叫他們拿出一個上稅的錢幣，看看說：「錢上刻的肖像和名號是誰的？」他們回答：「是凱撒的。」耶穌就說：「凱撒的物當歸給凱撒，上帝的物當歸給上帝。」他們聽後無言以對，便垂頭喪氣地走開了。「凱撒的物當歸給凱撒」原指「現世的財物當歸給現世的統治者」；後轉喻「凡物都各有所屬，不可混淆」。

## ✝寡婦的小錢

源自《馬可福音》第12章42節。一天，耶穌走到聖殿的奉獻箱前坐下，看大家如何奉獻。很多有錢人奉獻了大量金錢，一個窮寡婦走來，也投進去兩個小錢。耶穌叫來門徒，說：「我確實告訴你們，這位窮寡婦比那些有錢人奉獻得更多。因為他們不過把自己的餘數拿出來；這寡婦一貧如洗，是把自己養生的全部費用都獻上了。」後來，人們用「寡婦的小錢」比喻「微小卻可貴的奉獻」、「微薄之處見精神」。

## ✝眾人雖然跌倒，我總不能

源自《馬可福音》第14章29節。耶穌與門徒共進最後的晚餐後，對他們說：「你們都要背棄我，因為《聖經》上明說：『上帝擊打牧人，羊就四散。』」彼得搶著回答：「眾人雖然跌倒，我總不能。」耶穌又說：「彼得，今晚雞叫兩次之前，你會三次不認我。」彼得激動地回答：「不會！就是我跟你一起去死，也不會不認你。」其他門徒也紛紛隨聲附和。後來，「眾人雖然跌倒，我總不能」喻指「即使所有的人都要背叛了，我也要保持氣節。」

## ✝ 先拆毀後建造

源自《馬可福音》第14章58節。耶穌被捉拿後，在猶太教公會受審，祭司長、長老和文士欲置他於死地，想方設法尋找見證控告他，但總也找不到。有些人作了見證，但證詞各不相符。又有幾個人站起來，作見證說：「我們聽見他說：『我要拆毀這人手所造的殿，三日內就另造座不是人手所造的。』」後人由此引出「先拆毀後建造」一語，比喻「先破後立」，「破舊立新」。

## ✝ 大喜的信息

源自《路加福音》第2章10節。羅馬皇帝凱撒奧古斯丁年間，約瑟帶著身懷重孕的馬利亞去伯利恒報名上冊。到達伯利恒時，馬利亞的產期到了，就生下頭胎兒子耶穌。因客店已經住滿，他們就把嬰孩包起來，放在馬槽裡。當天夜裡，城郊有一伙牧羊人正在輪流看守羊群。忽然榮光閃爍，照耀四方，天使向他們顯現。牧羊人嚇呆了。天使說：「不要怕，我向你們宣布一個關係萬民大喜的信息：今天在大衛王的城裡，有一位救世主為你們降生，他就是主基督；你們要是看見了一個嬰孩用布包著，臥在馬槽裡，這就是記號。」霎時間一大隊天軍出現，和天使一同讚美上帝說：「願榮耀歸與至高的上帝，平安臨到他所喜悅的人！」牧羊人連忙進城，找到馬利亞、約瑟和躺臥在馬槽裡的嬰孩，又到處傳述天使所說的事。人們聽說後，無不驚異萬分。後來，西方人用「大喜的信息」來比喻「特大喜訊」以及「極好的消息」。

## ✝醫生，先醫治自己吧

源自《路加福音》第4章23節。耶穌在拿撒勒的會堂向眾人講道說：「你們必引這俗語向我說：『醫生，先醫治自己吧！我們聽見你在迦百農所行的事，這事也當行在你自己家鄉裡。』」後人以此語比喻「正人必先正己」。

## ✝新酒必須裝在新皮袋裡

源自《路加福音》第5章38節。耶穌傳教時說：「沒有人把新衣服撕下一塊來補在舊衣服上；若是這樣，就會把新的撕破，撕下的新的和舊的也不相稱。也沒有人把新酒裝在舊皮袋裡；若是這樣，新酒的烈性會使舊皮袋烈開，皮袋壞了，酒便漏出來。因此，新酒必須裝在新皮袋裡。」這段話的原意是，基督教的福音如同新酒一樣，不能裝在猶太教的舊皮袋裡，必須用新的方法才能表述和闡明。後來，引申為「新內容必須借助新形式才能表達」。

## ✝掩藏的事沒有不顯出來的

源自《路加福音》第8章17節。耶穌教誨信徒說：「沒有人點燈用器皿蓋上，或放在床底下，乃是放在燈台上，叫進來的人看見亮光。因為掩藏的事沒有不顯出來的，隱瞞的事沒有不露出來被人知道的。」後來，此語轉喻「沒有任何不敗露的秘密」。

## ✝不要哭，她沒有死，只是睡著了

源自《路加福音》第8章52節。一個管會堂的人名叫睚魯，他有一個12歲的女兒因患病生命垂危。耶穌聞訊趕到他家，聽說女孩已經死了，屋裡一片啼哭聲。耶穌對眾人說：「不要哭，她沒有死，只是睡著了。」眾人都不信，因為他們認定女孩確實死了。哪知耶穌拉著女孩的手，只說聲：「女兒，起來吧！」她就立即站了起來。這是《新約》所載耶穌治病救人的一個奇蹟。後來，西方人在悼念已故親友或其他德高望重者時，常用此語來表示「雖死猶生」。

## ✝手扶著犁向後看

源自《路加福音》第9章62節。一個人對耶穌說：「主啊，我願意跟從你，但要先回家去跟家人告別。」耶穌回答說：「手扶著犁向後看的，不配進上帝的國。」後來，「手扶著犁向後看」喻指「思前瞻後」、「三心二意」、「用情不專」。

## ✝以愛己之心去愛鄰人

源自《路加福音》第10章27節。一次，一個猶太律法師來見耶穌，問道：「怎樣為人處世才能永生？」耶穌沒有直接回答，而是反問說：「《聖經》上不是寫得很清楚嗎？你是怎樣理解的呢？」律法師念道：「要以全部身心和力量愛主你的上帝，又要以愛己之心去愛鄰人。」耶穌說：「你說得對，照這樣做就能永生。」《馬太福音》第22章40節將「以全部身心和力量愛主你的上帝」和「愛人如己」概括為「一切道理的總綱」。後來「以愛己之心去愛鄰人」成為流傳廣遠的警世名言。

## ✝善心的撒瑪利亞人

源自《路加福音》第10章37節。一次，一個猶太律法師來問耶穌，怎樣做才能得永生。耶穌表示，按照摩西律法的規定，以全部身心和力量愛上帝，又以愛己之心去愛鄰人，就會永生。律法師又問：「那麼，『鄰人』指的是誰呢？」耶穌用比喻回答：「有一個猶太人從耶路撒冷到耶利哥去，途中遭劫，強盜把他的財物洗劫一空，又把他打個半死，丟在路邊，然後揚長而去。過了不久，一位祭司從這裡經過，看見那人躺在地上，就繞道而行，繼續趕路。之後，又有一個利末人經過，也像祭司一樣繞道避開。後來，有一位歷來被猶太人鄙視的撒瑪利亞人經過，看見這猶太人，就連忙上前，小心翼翼地用酒和油為他敷治傷口，又用繃帶包紮好，然後把他扶上自己的坐騎，帶到附近的客店，整夜照料他。次日當他離開時，還交給店主兩個銀幣，說：『請替我好好照顧這個人，如果錢不夠用，我回來時再還給你。』」講完這個故事，耶穌問：「你認為在這三個人中，誰是遭劫者的鄰人呢？」律法師說：「那個善心的撒瑪利亞人。」耶穌說：「對了，你照樣去做吧。」後來，在西方語言中，「善心的撒瑪利亞人」喻指「見義勇為、樂善好施的人」。

## ✝領受的越多，付出的也該越多

源自《路加福音》第13章48節。耶穌向門徒傳道時講了一個故事：一個主人要外出辦事，臨行前，把家務托付給一個他認為忠實能幹的僕人。那僕人以為主人不會很快回來，就自顧吃喝酗酒，還虐待其他工人。不料，主人意想不到地回家了。主人嚴厲地處罰了他，革除了他的職位，使他和奸詐之人同受嚴刑。耶穌講完後說：「他明知主人的意思，卻不照著去行，因此必定要受更重的懲罰。無心之失所受的處罰是較輕的。領受的越多，責任越大，付出的也該越多。」後來，此語引申為「誰的條件（或天資）優越，誰就應作更多的貢獻」，含有「能者多勞」之意。

## ✝迷路的羊

源自《路加福音》第15章4節。耶穌認為，一個罪人改過自新，能帶來比九十九個無需悔改的義人更大的喜樂。他解釋說：「比方你有一百隻羊，走失了一隻，難道不會暫時離開那九十九隻而回去找它嗎？找到之後，你一定會歡天喜地，把它搭在肩頭扛回家去，還叫朋友和鄰人與你一同分享快樂。」後來，「迷路的羊」轉喻「因無知而誤入歧途的年輕人」。

## ✝宰肥牛犢

源自《路加福音》第15章23節。今喻「大擺宴席，盛情款待」。參閱「回頭的浪子」。

## ✝回頭的浪子

源自《路加福音》第15章32節。耶穌傳道時講了一個故事；一個人有兩個兒子，小兒子對父親說：「請你把我的那份家產分給我。」父親就把那份產業分給他。過不幾天，小兒子變賣了產業，收拾行裝，出門遠遊去了。他終日花天酒地，揮金如土，不久就陷入了困境。他只好投靠當地一戶人家，為主人放豬。餓得發昏時，他恨不得把餵豬的豆莢拿來充飢，但連豆莢也沒有人給他。他終於醒悟過來，心想：「在家裡，我父親的工人糧食充裕；現在，難道我要在這裏餓死嗎？」於是，便起程回家去。父親見小兒子回來了，非常高興，就讓人宰了最肥的牛犢，擺設宴席，大事慶祝。大兒子見狀很生氣，說：「父親，我多年為你勤勞工作，從不違背命令，可你從未給過我一隻羊羔，讓我和朋友們一起快樂。但這個在妓女身上傾盡了全部家財的不肖之子一回來，你倒宰了最肥的牛犢，為他設宴！」父親慈祥地說：「孩子啊！你一直在我身邊，我所有的一切已經是你的了。我們實在應該為這個回頭的浪子歡喜快樂，因為你這弟弟是死而復活，失而復得的。」後來，西方人用「回頭的浪子」喻指「悔過自新的罪人」。

## ✝像拉撒路一樣窮

源自《路加福音》第16章20、21節。拉撒路是個乞丐，身上長滿膿瘡，被人放在財主家門口，靠吃財主拋棄的食物碎屑充飢，不久就因飢餓而死。後人以「像拉撒路一樣窮」表示「窮困得無以復加」。

## ✝在亞伯拉罕的懷裡

源自《路加福音》第16章23節。耶穌傳教時講了一個比喻：有個財主衣飾華麗，生活奢侈；他門前躺了一個名叫拉撒路的乞丐，身上長滿膿瘡，靠吃他拋棄的食物碎屑充飢。後來，拉撒路死了，天使把他帶到始祖亞伯拉罕的懷裡；不久，財主也死了，都被人埋在土裡。財主在陰間備受痛苦，抬頭看見拉撒路正在亞伯拉罕的懷裡，就叫道：「我的祖宗亞伯拉罕啊！求你可憐我，打發拉撒路蘸點水來潤潤我的舌頭吧，我在這火中實在是苦極了。」亞伯拉罕說：「孩子啊，你一生窮奢極侈，拉撒路都受盡苦難，因此他如今在這裡得到安慰，你卻要受到折磨。你我之間有一道深淵相隔，阻止這邊的人到你那邊去，也不讓你那邊的人到這邊來。」這個比喻意在宣揚「今生受苦，來世享福」的基督教教義。後人用「在亞伯拉罕的懷裡」喻指「同死去的祖先一道安息」。

## ✝深淵相隔

源自《路加福音》第16章26節。今喻「不可逾越的鴻溝」。參閱「在亞伯拉的懷裡」。

## ✝把石頭掛在頸項上

源自《路加福音》第17章2節。耶穌教導門徒說：「引人失足犯罪的事是難以避免的。但使人失足犯罪的人必有禍。如果使一個微不足道的信徒失足，這人當受的刑罰就比把石頭掛在頸項上，沉下深海裡還重。」後人用「把石頭掛在頸項上」代指「極重的刑罰」。

## ✝高傲的人必降為卑，謙卑的人必升為高

源自《路加福音》第18章14節。耶穌向一些自命清高、藐視別人的人講故事說：「有兩個人一同到聖殿禱告，一個是法利賽人，一個是稅官。法利賽人站著，自言自語地說：『上帝啊！我感謝你。我不像別人那樣貪贓枉法，姦淫偷盜，也不像這個稅官；我每個禮拜禁食兩次，奉獻全部收入的十分之一。』那個稅官卻遠遠地站著，連頭也不敢抬，悲痛地捶著胸說：『上帝啊！求你憐憫我，開恩給我這個罪人！』」耶穌講完後說：「獲得赦免的是稅官而不是法利賽人，因為高傲的人必降為卑，謙卑的人必升為高。」後來此語進入西方日常語言，仍用其原義。我國古諺「滿招損，謙受益」與其意近。

## ✝包在手帕裡存著

源自《路加福音》第19章20節。耶穌傳道時講了一個故事：一個貴族要到遙遠的京都去受封為王，臨行前召來十個僕人，每人發給一百塊銀圓，吩咐他們用來做生意。貴族回來後，查問僕人們的經營情況，得知一個僕人用一百塊銀圓賺了一千塊銀圓，另一個僕人用

一百塊銀圓賺了五百塊銀圓，十分滿意，便大大獎賞了他們。問到又一個僕人時，他卻說：「王爺，這是你先前給我的一百塊銀圓，我一直小心翼翼地包在手帕裡存著。因為你為人過於精明，不存放卻要提取，不耕耘卻要收割，我對你害怕極了。」主人聽了勃然大怒，便叫人取回他的一百塊銀圓，賞給那個賺了一千塊銀圓的。後來，「包在手帕裡存著」轉喻「放著有利條件不加利用」、「埋沒才華」。

## ✝石頭也要呼叫起來

源自《路加福音》第19章40節。耶穌帶領門徒去耶路撒冷城，走下橄欖山山坡時，門徒們為以往所見的神蹟奇事而歡騰，高聲讚美上帝說：「奉主名來的，當受歡迎！願平安和榮耀歸與天上的至高者！」人群中有幾個法利賽人對此不滿，向耶穌說：「老師，約束你的門徒吧！」耶穌說：「我告訴你們，如果他們閉口不言，石頭也要呼叫起來。」意思是說，人有了強烈的感情時總要抒發，壓制是不可能的。後人用「石頭也要呼叫起來」比喻「某事令人激動不已，就連冷漠的石頭也要開口說話，抒發感情。」

## ✝像猶大一樣卑鄙無恥

源自《路加福音》第22章47~53節等處。猶大是耶穌的十二使徒之一，來自猶太省南部的加略鎮，為耶穌和眾使徒掌管錢囊。耶穌受難前幾天，伯大尼的馬利亞用極貴的香膏澆耶穌，以表示敬愛，猶大（《聖經》記作「門徒」）卻責怪說，何不把香膏賣了去周濟窮人，而作此浪費呢？他心中其實並不顧念窮人。耶穌說，由她吧，她是為我安葬才用的；今後常有窮人與你們同在，你們卻不常有我。此後，猶大就與陰謀殺害耶穌的祭司長商議，以卅塊錢的酬價把耶穌賣給他們，並定出暗號，他和誰親嘴，誰就是耶穌。猶大帶領眾人在客西馬找到耶穌後，假惺惺地喊一聲「老師」，就前去和耶穌親嘴。隨從的人見暗號後一擁而上，將耶穌捉拿。耶穌被判釘十字架後，猶大後悔了，把錢交回，自己上吊而死。後人用「猶大」指稱「叛徒」，用「像猶大一樣卑鄙無恥」喻指「出賣親人和朋友的可恥行徑」。

## ✝從希律處送回彼拉多處

源自《路加福音》第23章11節。耶穌被捉拿後，祭司長和法利賽人把他押解到猶太巡撫彼拉多處，逼迫彼拉多把他釘在十字架上。但彼拉多查不出耶穌犯了什麼罪，無法判刑。那夥人便說：「他到處煽惑百姓，在猶太遍地傳道，從加利利起，一直傳到這裏。」彼拉多一聽說「加利利，」就問：「這人是加利利人嗎？」證實後，便把耶穌送到管轄加利利的希律處去。希律審問耶穌時，耶穌一言不答，希律只好再把他送回彼拉多處。後來，西方人用「從希律處送回彼拉多處」，表示「互相推諉」、「推來讓去」。

## ✝他們所作的，他們不曉得

源自《路加福音》第23章34節。耶穌被釘十字架時，有兩個犯人也一同帶來處死，一個釘在耶穌左邊，一個釘在耶穌右邊。耶穌見狀後禱告說：「父啊！赦免他們，因為他們所作的，他們不曉得。」意思是他們就要死了，但連犯罪的原因還不知道。後來，此語轉喻「幹了錯事而不知錯，說了蠢話而不知蠢。」

## ✝連給某人解鞋帶都不配

源自《約翰福音》第1章27節。施洗者約翰在約旦河為人們施洗，法利賽人問他：「你既然不是基督，也不是以利亞，又不是以賽亞預言的先知，憑什麼給人施洗呢？」約翰回答：「我不過是用水施洗。但有一位在你們中間，是你們不認識的，他要用聖靈施洗。他雖然在我以後才來，我卻連給他解鞋帶都不配，」約翰所談「用聖靈施洗」者即耶穌。耶穌來得雖晚些，但約翰認為，他比自己高明得多。此語後來多用作自謙之辭；也可用為貶義，稱某人連給另一人解鞋帶都不配。

## ✝風隨著意思吹

源自《約翰福音》第3章8節。一次，一個名叫尼哥底母的法利賽人問耶穌：「人老了，怎樣才能重生呢？難道要再進母腹生一次嗎？」耶穌說，人如果不是從水和聖靈生的，就不能進上帝的國，所以一定要重生；但重生是一種奧秘，正如「風隨著意思吹，你聽見風的響聲，卻不曉得它從哪裡來，往哪裡去。凡從聖靈生的也是如此，因此沒有人知道它怎樣把屬於上帝的生命賜給人。」後來，人們用「風隨著意思吹」喻指「隨心所欲地行事」、「為所欲為」。

## ✝先用石頭砸

源自《約翰福音》第8章7節。一天，耶穌正在聖殿教誨眾人，法利賽人和經律教師帶來一個正與人通姦時被抓獲的婦女，對耶穌說：「老師，按摩西律法，這樣的女人應該用石頭砸死。您意下如何？」他們想讓耶穌落入圈套，好抓住把柄去控告他。耶穌緘口不言，只是彎著腰在地上寫字。他們連聲催問，耶穌才直起身來，說：「你們中間誰是沒有罪過的，就先用石頭砸她。」然後又彎下腰繼續寫字。他們聞此言後面面相覷，一個個地溜走了。後來，「先用石頭砸」轉喻「首先發起進攻」、「先聲奪人」或「先發制人」。

## ✝不是屬於這個世界

源自《約翰福音》第8章23節。耶穌講道時對猶太人說：「你們是從下頭來的，我是從上頭來的；你們是屬於這個世界的，我不是屬於這個世界的。」以此申明自己是基督，是上帝的兒子。在後世西方語言中，此語轉喻「超凡脫俗」、「與眾不同」或「來自彼岸」。

## ✝好牧人

源自《約翰福音》第10章11節。耶穌講道時說：「我是好牧人，好牧人為了羊不借犧牲生命。假如看羊的不是牧人，只是雇工，那麼狼一來，他就會捨羊而去，因為羊不是他的，這樣狼就會抓住羊，把羊群驅散。我是好牧人，我認識我的羊，我的羊也認識我，……我為我的羊捨命。」後世基督教通常把信徒比作羊，把牧師比作牧羊人（「牧師」即「牧羊人」之意），把「好牧人」視為耶穌基督的重要名號。

## ✝你要作的，快作吧

源自《約翰福音》第13章27節。耶穌預知自己將被叛徒出賣並被害。他在最後的晚餐上對十二個門徒說：「我確實地告訴你們，你們中間有一個人要賣我。」門徒們面面相覷，不知耶穌說的是誰。西門彼得靠近耶穌，問：「主啊，是誰呢？」耶穌回答：「我蘸一點餅給誰，就是誰。」耶穌就蘸了一點餅，遞給加略人猶大。猶大吃了，撒旦就進入他的心。耶穌對他說：「你要作的，快作吧。」猶大吃過餅之後，立刻走出門，消失在黑暗裡；不久就帶了一夥人前來捉拿耶穌。後來，此語轉喻「有什麼技倆儘管施展吧」，也可以說「要幹，就快點動手吧！」

## ✝我所寫的，我已經寫上了

源自《約翰福音》第19章22節。耶穌在羅馬巡撫彼拉多面前受審，被判處釘十字架。彼拉多拿出一塊木牌，用希伯來、希臘、羅馬三種文字寫上「猶太人的王，拿撒勒人耶穌」一行字，安在十字架上。猶太祭司長讀後對彼拉多說：「不要寫『猶太人的王』，應該寫『這人自稱是猶太人的王』。」彼拉多不接受他的建議，回答說：「我所寫的，我已經寫上了。」後來，西方人用此語表示，「我已經表明了自己的觀點」。內含「說過的話決不反悔」之意，與我國成語「一言既出，駟馬難追」意近。

## ✝垂下頭來，將靈魂交付給上帝

源自《約翰福音》第19章30節。耶穌被釘上十字架後，知道一切事情已告完成，就說：「我渴了。」一個士兵用海綿蘸了醋，綁在牛膝草上，送到他嘴裡。耶穌嘗到了醋，說：

「成了！」接著「垂下頭來，將靈魂交付給上帝。」此語後來轉喻「完成畢生使命後辭世而去了」。

## ✝ 像多馬一樣懷疑

源自《約翰福音》第20章24節。多馬又名低土馬，是耶穌的十二使徒之一。耶穌復活後，向門徒顯現時，多馬不在場，後來，雖然其他門徒都告訴他自己看見主了，多馬都堅持不信，說：「除非我親眼看見，並親自摸到他手上的釘痕，用手探入他的肋旁，我決不相信。」過了八天，門徒們又聚集在一起，多馬也在其中。耶穌再次顯現，站在他們當中，說：「願你們平安！」然後對多馬說：「來看看我的手，用你的指頭摸摸；再用手探一下我的肋旁。不要再疑惑了，務必相信。」直到這時，多馬才相信耶穌確實復活了。在後世西方語言中，「像多馬一樣懷疑」喻指「生性多疑」或是「懷疑主義者」。

# 第五輯

（源自《使徒行傳》至《啟示錄》）

## ✝ 從掃羅到保羅

源自《使徒行傳》第9章1～22節、第13章9節、第22章1～21節等處。掃羅是保羅的原名。掃羅生於基利加的大數城，本是擁有羅馬國籍的猶太人。早年在耶路撒冷受教於大拉比迦馬利門下，成為最虔誠的法利賽人。他反對耶穌，迫害初期基督徒。司提反被害致死時，他便在場，負責看守見證人的衣服。他把信奉耶穌的男女教徒關進監獄，還攜帶書信去大馬士革，逮捕信奉耶穌的人。就在去大馬士革的路上，耶穌在巨光中向他顯現，對他說：「掃羅，掃羅，你為什麼逼迫我？你用腳踢刺是難的！」掃羅當即瞎了眼，問：「主啊，你是誰？」回答：「我就是你所逼迫的耶穌。」進大馬士革城後，耶穌讓一個名叫亞拿尼亞的信徒去見他，為他醫好眼睛。掃羅於是受洗，作了耶穌的門徒，此後改名為保羅，成為早期基督教向外邦傳道的最重要的使徒之一。後人用「從掃羅到保羅」比喻「信仰的根本轉變」或是「幡然悔悟，重新作人」。

## ✝不偏待人

源自《使徒行傳》第10章34節。在該撒利亞，有個名叫哥尼流的意大利營百夫長，虔誠地敬拜上帝，為上帝所悅納。上帝讓他去請使徒彼得講道，彼得應邀來到他家。哥尼流告訴彼得，請他來乃是上帝的意旨。彼得隨口回答：「現在我已看出，上帝是不偏待人的。不論來自哪個國家，哪個民族，只要敬畏他，秉公行義，他就會接納。」這裡是說上帝對各國之人（不論以色列人或外邦人）都一視同仁，沒有偏心。後來，此語廣泛應用於社會生活，表示不論對誰都同等看待，而無尊卑貴賤之分。

## ✝用腳踢刺

源自《使徒行傳》第26章14節。今喻「螳臂擋車」、「雞蛋碰石頭」。參閱「從掃羅到保羅」。

## ✝照上帝所給的恩

源自《哥林多前書》第3章10節。使徒保羅在寫給哥林多教會的信中說：「我照上帝所給我的恩，好像一個聰明的工頭，立好了根基，讓別人在上面建造，只是各人要謹慎怎樣在上面建造。」後人將「照上帝所給的恩」用為套語，意指「托上帝的福」以及「蒙上帝賜福」。

## ✝舊酵

源自《哥林多前書》第5章7節。使徒保羅聽說哥林多有信徒和繼母同居，教會不但不予制止，反而袒護，就寫信告誡說：「豈不知一點麵酵能使全團麵發起來嗎？你們既是無酵的麵，就應當把舊酵除淨，好使你們成為新團。」後人以「舊酵」喻指「能敗壞人心的舊思想的禍根」。

## ✝對什麼樣的人，就作什麼樣的人

源自《哥林多前書》第9章22節。使徒保羅說，為了傳揚福音，多爭取一些信徒，他常常靈活自如地工作：「對猶太人，我就作猶太人，為要爭取猶太人，……對軟弱的人，我就作軟弱的人，為要爭取軟弱的人。對什麼樣的人，我就作什麼樣的人。無論如何，總要救些人。」後來，此語轉喻「適應環境，入鄉隨俗」或是「對症下藥，靈活處理」。

## ✝向空氣揮拳

源自《哥林多前言》第9章26節。保羅認為，運動員參加各種比賽，只是為了爭奪即將凋謝、終必朽壞的花冠華冕，而基督徒所要贏取的，都是不會朽壞、永久長存的冠冕。「因此，我在屬靈的競賽上不是漫無目標地跑步，也不是向空氣揮拳，而是像一個決心得獎的健兒一樣，嚴格地過著有紀律的生活。」後來，人們用「向空氣揮拳」比喻「徒勞無功」、「白費氣力」。

## ✝嗚的鑼，響的鈸

源自《哥林多前言》第13章1節。使徒保羅說：「我如果能說萬人的方言，並天使的話語，卻沒有愛，我就成了嗚的鑼，響的鈸一般。」意思是最重要的東西是愛，離開了愛，任何美妙的語言都是毫無意義的空語，後人用「嗚的鑼，響的鈸」比喻「不幹實事，只圖虛名」以及「嘩眾取寵，招搖過市」。

## ✝對著銅鏡看影像模糊不清

源自《哥林多前書》第13章12節。使徒保羅對哥林多教會的信徒說：「我們今天對主的認識，就像對著銅鏡看影像一般，若隱若現，模糊不清，極其膚淺。主來到之後，我們就會面對面地看見他。關於他的事情，我們也就會知道得一清二楚，如同他認識我們一樣。」古時的鏡子一般用青銅磨光製成，反射的影像遠不如今天的玻璃清晰。後人用此語轉喻「遇事若不作深入的考察，就會被表面的假象所迷惑。」

## ✝婦女在會中要閉口不言

源自《哥林多前書》第14章34節。使徒保羅向哥林多教會的信徒說：「婦女在會中要閉口不言，像在聖徒的眾教會一樣。……她們若要學什麼，可在家裡問自己的丈夫，因為婦女在會中說話原是可恥的。」語中的「會」特指初期基督徒的宗教性聚會。後來，此語用以告誡婦女，在公開場合不要喋喋不休地亂發議論。

## ✝字句叫人死，精意叫人活

源自《哥林多後書》第3章6節。使徒保羅告誡哥林多教會的信徒，「靠我們自己，什麼都無能為力。我們若有成就，功勞全歸上帝。他使我們能夠作他的僕人，宣揚他與世人所立的新約。這新約不用字句訂立，乃是憑著精意。因為字句叫人死，精意才叫人活。」後來，語轉喻「不但要看表面文字，更要領會精神實質。」

## ✝基督和魔鬼怎能協調呢？

源自《哥林多後書》第6章15節。使徒保羅要求哥林多教會的信徒防備異教的影響，不得與不信主的人同負一軛。他說：「正義和邪惡怎能合作呢？光明和黑暗怎能共存呢？基督和魔鬼怎能協調呢？信和不信的人有什麼共同之處呢？上帝的聖殿和偶像怎能並立呢？」意思是說，基督徒和異教徒在信仰上毫無共同之處，要維護基督教信仰的純潔性，就必須堅決抵制各種異教思想的影響。後世西方人用「基督和魔鬼怎能協調呢」喻指「針鋒相對」、「水火不容」。

## ✝撒旦也可以冒充光明的天使

源自《哥林多後書》第11章14節。使徒保羅在寫給哥林多教會的信中，談到混入教會的投機分子，說他們為人詭詐，部裝作基督的使徒。然後又說：「這有什麼奇怪？撒旦既可以冒充成光明的天使，他的爪牙冒充成正人君子，又何足為奇？不過，他們終究是難逃惡報的！」後來，此語用來說明「惡人常常假冒為善，迷惑、欺騙單純而善良的人們。」

## ✝肉中的刺

源自《哥林多後書》第12章7節。使徒保羅說：「為了使我們不至於因得到許多奇特的啟示而趾高氣揚，有一根刺加在我的肉體上，它如同撒旦的使者一般刺痛我，使我不敢驕傲。」後世西方人用「肉中的刺」比喻「最令人厭惡的人或物」，與我國俗語「眼中釘，肉中刺」意同。

## ✝用右手行相交之禮

源自《加拉太書》第2章9節。使徒保羅在寫給加拉太教會的信中提到，他曾會見雅各、磯法和約翰，這幾位當時的「教會柱石」向他和巴拿巴「用右手行相交之禮」，以示志同道合，從此分工合作。保羅等人到外邦傳教，雅各、磯法、約翰等人到受割禮的猶太人中傳教。在後世西方語言中，「用右手行相交之禮」表示「同意與某人結交並合作」。

## ✝一點酵母可以使全團麵發起來

源自《加拉太書》第5章9節。初期教會剛建立時，一些信徒受異教思想的影響，信心時常發生動搖。使徒保羅告誡他們：「是誰阻擋了你們，使你們不再服從真理呢？當然不是那呼召你們的上帝。」又引用俗語「一點酵母可以使全團麵發起來」，說明若不及時改正，就會離棄基督，自絕於上帝的恩典。後來，此語轉喻為「一個火星可以燃起燎原烈火」、「一個蟻穴可以致使長堤潰陷」。

## ✝種的是什麼，收的也是什麼

源自《加拉太書》第6章7節。使徒保羅勸勉加拉太教會的信徒說：「不要自欺，上帝是侮慢不得的。人種的是什麼，收的也是什麼。順從情欲撒種的，必招致敗壞；順從聖靈撒種的，必獲得永生。我們要持續行善，切不可灰心氣餒，因為時候來到，就有收穫。」後人用此語轉喻「善有善報，惡有惡報」。與我國古語「種瓜得瓜，種豆得豆」意同。

## ✝穿上新人

源自《以弗所書》第4章24節。使徒保羅勸誡以弗所的信徒要效法基督，說：「如果你們真的聽過基督的道理，領受了他的教訓和從他身上發現的真理，就應該改變從前的生活方式，脫去舊我，摒除那被情欲所污染、腐化了的舊品性，又要洗心革面，穿上新人，這新人是照著上帝的樣式造的，有從真理而來的公義和聖潔。」在後世西方語言中，「穿上新人」意謂「脫胎換骨，重新作人」。

## ✝因愛心所受的勞苦

源自《帖撒羅尼迦前書》第1章3節。使徒保羅稱贊帖撒羅尼迦的信徒說：「我們為你們眾人常常感謝上帝，禱告的時候常常提到你們，在上帝我們的父面前，不住地紀念你們因信心所作的功夫，因愛心所受的勞苦，因盼望我們主耶穌所存的忍耐。」後來，「因愛心所受的勞苦」轉喻「出於愛而做的事」以及「為了愛而付出的代價」。

## ✝好像夜間的賊悄悄而來

源自《帖撒羅尼迦前書》第5章2節。使徒保羅對帖撒羅尼迦的信徒說：「弟兄們，這些事情會在什麼年份、什麼月日發生呢？不必我寫信，因為你們已經清楚地知道了，主再來的日子是沒有人能預測的，好像夜間的賊一樣，總是悄悄而來。」意思是說，基督再來時不會事先告訴任何人，而是無聲無息地突然來到。後來此語轉喻「突如其來地發生」、「驀然出現」。

## ✝沉淪之子

源自《帖撒羅尼迦後書》第2章3節。使徒保羅告誡帖撒羅尼迦的信徒，在末後的日子到來之前，必有離經叛道的事情發生，並出現目無法紀的「沉淪之子」。這「沉淪之子」目空一切，高抬自己，要超過所有神明，甚至盤據在聖殿中，以上帝自居。他仗著撒旦的能力和各種法術，行施許多似是而非的奇蹟，並用各樣的詭計誘惑那些將要沉淪的人。一些研究者認為，「沉淪之子」是「敵基督者」的別名。據說「敵基督者」將於耶穌基督再次降臨前出現，與基督為敵，並迷惑、敗壞信心不堅定的人。後來，西方人用「沉淪之子」轉喻「消沉頹廢者」、「玩世不恭者」。

## ✝若有人不肯作工，就不可吃飯

源自《帖撒羅尼迦後書》第3章10節。使徒保羅聽說帖撒羅尼迦教會有人游手好閑，無所事事，不作工就白吃人家的飯，便寫信告誡他們：「要安靜作工，吃自己的飯」，「若有人不肯作工，就不可吃飯」。後來，此語成為主張「安分守己，自食其力」、「不勞動者不得食」的名言。

## ✝荒渺無憑的話語

源自《提摩太前書》第1章4節。使徒保羅吩咐信徒「不可傳異教，也不可聽從荒渺無憑的話語和無窮的家譜。因為這些事只能引起爭辯，對人憑信心接受上帝的計劃毫無幫助。在這裡，荒渺無憑的話語」指「與福音悖謬的無稽之談」。後來轉喻「沒有根據的傳聞」或「奇談怪論」。

## ✝耳朵發癢

源自《提摩太後書》第4章3節。使徒保羅囑咐提摩太說：「無論在什麼時候、什麼環境中，都要專心傳道，以百般的忍耐，用各樣的教訓責備人、警戒人、勉勵人。因為不久的將來，有人會厭倦純正的真理，他們的耳朵發癢，愛聽一些新奇的東西，於是尋訪更多可以迎合各人喜好的說教者；他們掩耳不聽真理，對虛妄無稽之談卻趨之若鶩。」由此，後人以「耳朵發癢」比喻「樂於聽信各種荒謬的傳聞」。

## ✝靈魂的錨

源自《希伯來書》第6章19節。作者在這裡說：「上帝是絕不說謊的。既將他永不改變的許諾和誓言給了我們，我們這些尋找避難所、緊握著前面的盼望的人，就因此大大得到鼓勵。我們緊握的盼望就像是靈魂的錨一樣，既可靠，又牢固。」後來，西方人用「靈魂的錨」喻指「精神支柱」。

## ✝無意中接待了天使

源自《希伯來書》第13章2節。作者告誡信徒：「你們要經常存著兄弟相愛的心。不可怠慢離鄉別井的旅客，因為曾經有人接待旅客，竟無意中接待了天使。」這「無意中接待了天使」一事典出於《創世紀》第18章。一次，亞伯拉罕看到三個人站在他的帳棚門口，就跑去迎接，熱情地為他們洗腳，宰牛備飯。這三個人中有一個是上帝，其餘兩個是天使，他們都化身為凡人來到世間。但亞伯拉罕並不知道，還以為他們不過是飢渴困倦的普通旅客。後來，本詞語喻指「無意中為顯要人物辦了好事」。

## ✝不可按外貌取人

源自《雅各書》第2章1節。雅各勸誡信徒說：「我的弟兄姐妹，你們既然相信了我們的主耶穌基督，就不可按外貌取人了。」何謂「按外貌取人」？雅各舉例說：「有一個衣衫襤褸的人和一個手戴金飾、衣著華麗的人同時進入你們的會堂，你們就殷勤招待那衣飾華麗的，對他說：『請上座！請上座！』而對那窮人卻說：『你站在那邊！』或『坐在我的腳凳下邊！」即為按外貌取人。雅各認為，「如果你們這樣先敬羅衣後敬人，輕貧重富，便是犯罪了，便要被律法定罪。」後來，人們用「不可按外貌取人」比喻「不可只見衣冠不見人」，或是轉喻為「不可被表面現象所迷惑」。

## ✝狗轉過身來，吃自己所吐的

源自《彼得後書》第2章22節。彼得嚴厲批評那些入教後又幹壞事的人，說「如果他們因為認識救主耶穌基督，已經擺脫了世俗的污穢，後來卻又被這些事情纏繞，又被制服了，道時他們的處境會比以前更糟，後果真是不堪設想。已經認識了正義之路，又背棄所得的上帝誡命，還不如一點也不認識更好。俗語說：『狗轉過身來，吃自己所吐的』，『豬洗乾淨了，又回到泥裡去打滾』，這些話用在他們身上，真是再恰當不過了。」後世西方人用此語轉喻「重犯舊罪」，與我國成語「故態復萌」，「舊病復發」意近。

## ✝豬洗乾淨了，又回到泥裡去打滾

源自《彼得後書》第2章22節。今喻「舊病復發」、「舊罪重犯」。參閱「狗轉過身來，吃自己所吐的。」

## ✝我是阿拉法，我是俄梅戛

源自《啟示錄》第1章8節：「主上帝說：我是阿拉法，我是俄梅戛，是昔在、今在、今後永在的全能者。」阿拉法（α）又譯阿爾法，是希臘語的第一個字母，俄梅戛（ω）又譯歐米加，是希臘語的最後一個字母。《聖經》以此論證上帝是創始成終的全能者。今轉喻為「從頭至尾」、「自始至終」、「善始善終」。

## ✝追隨巴蘭和尼哥拉黨人

源自《哲示錄》第2章14、15節。作者在寫給別迦摩教會的信中說：「在你教會中竟然有人追隨巴蘭。這巴蘭從前教唆巴勒，使以色列人失足陷在罪惡中。他慫恿以色列人吃拜祭假神的食物，並犯淫亂之罪。在你們當中也有人附從尼哥拉黨人。」巴蘭是幼發拉底河毗奪地方的巫師，善說預言，被尊為先知。據《民數記》第31章16節載，他曾設計讓以色列人與米甸婦女行淫，「以至耶和華的會眾遭到瘟疫」。尼哥拉黨人是當時的異端教派，主張崇奉異族神祇並祭拜偶像。後人由此引出「追隨巴蘭和尼哥拉黨人」一語，表示「聽信異端邪說」，「誤入歧途」。

## ✝被七道印封嚴的書卷

源自《啟示錄》第5章1節。作者描述道：「我看見那坐在寶座上的主，右手拿著內外都寫有字，又被七道印封嚴的書卷。一位大有能力的天使高聲問：『誰有資格揭開這七道印，打開這書卷呢？』可是，在天上、地下，甚至地底下，都沒有人能揭開並閱讀那書卷。」後世西方人用「被七道印封嚴的書卷」喻指「凡人無法理解的神秘天書」，「一般人難以領悟的深奧著述」。

## ✝哈米吉多頓

源自《啟示錄》第16章16節。此節說：「那三個魔鬼便叫眾王聚集在一處，希伯來話叫作哈米吉多頓。」在希伯來語中，「哈米吉多頓」意謂「米吉多山」。米吉多原是一個著名的古戰場，曾爆發過幾次重大戰役，如女士師底波拉擊敗迦南大將西西拉（士5：19—21）

耶戶擊殺猶大王亞哈謝（王下9），猶大王約西亞被埃及法老尼哥戰敗（王下23：28—30）等，這些戰役對參戰雙方都有決定性意義。因此，「哈米吉多頓」後來轉喻「最後的決戰地」。

## ✝無底坑

源自《啟示錄》第20章1節。作者描繪末世的景象說：「我看見一位天使從天而降，手裡拿著無底坑的鑰匙和一條大鎖鏈。他抓住那巨龍，就是古蛇、魔鬼、撒旦，將它鎖起一千年，禁錮在無底坑裡，並加上封印，使它不能再欺騙各國的人。」這裡的「無底坑」是懲罰魔鬼撒旦之地。後來轉喻「無窮無盡的災難」或是「填不滿的慾壑」。

## ✝歌革和瑪各

源自《啟示錄》第20章8節。作者描述末世的事件時說：「那一千年過後，撒旦會從獄中被釋放。他會再度欺騙四方的邦國，就是歌革和瑪各，召集他們所有的軍隊準備應戰。他們的數目多得像海邊的沙。他們傾巢而出，佈滿力地，將聖徒的營和蒙愛的城團團圍住。那時有烈火從天而降，將他們燒滅淨盡。」在這裡，歌革和瑪各是魔鬼撒旦統治的一股勢力，與基督為敵，但最終被徹底消滅。後來，西方人用此語轉喻「殺人不眨眼的惡魔」、「窮凶極惡的歹徒」。

## 下篇

# 格　言

# 縮略語對照表

出→《出埃及記》
利→《利未記》
申→《申命記》
士→《士師記》
王下→《列王紀（下）》
伯→《約伯記》
詩→《詩篇》
箴→《箴言》
傳→《傳遺書》
賽→《以賽亞書》
耶→《耶利米書》
但→《但以理書》
摩→《阿摩司書》
彌→《彌迦書》
太→《馬太福音》
可→《馬可福音》
路→《路加福音》
羅→《羅馬書》
林前→《哥林多前書》
林後→《哥林多後書》
加→《加拉太書》
弗→《以弗所書》
腓→《腓立比書》
西→《歌羅西書》
帖前→《帖撒羅尼迦前書》
提前→《提摩太前書》
提後→《提摩太後書》
多→《提多書》
雅→《雅各書》
彼前→《彼得前書》
彼後→《彼得後書》
約壹→《約翰一書》
智→《所羅門智訓》
便→《便西拉智訓》

# ．智慧篇．

智慧人從善如流，愚妄人自招衰敗。（箴10：8）

年輕人哪，要聽從我的教訓，不可忘記我給你的指示。要聽明智的訓言，明白它的意義。要追求知識，要尋求領悟。要像尋求銀子一樣熱心，像搜索寶藏一樣認真。〔箴2：1—4〕

大凡聰明人，都能認識智慧，並尊重有智慧的人。如果你重視智慧，那麼，你聽到智慧話的時候就會變得聰明起來，你的言詞也會成為他人的智慧之源。〔箴18：28，29〕

箴言會使你認識智慧和訓誨，明白格言的深奧含義。它們會教導你怎樣過明智的生活，怎樣作誠實、公正、正直的人。它們會使無知的人變得精明，教導年輕人慎思明辨。箴言也能使有才智的人增長學問，使明達的人獲得開導，明白箴言中的隱喻，以及明智人所提出的難題。〔箴1：2—6〕

追隨智慧，全心全意跟她走。去尋找她，她會向你傾心吐意。牢牢抓住她，別讓她走開。隨後你將發現，她使你心平氣和。她會成為你的歡樂。你所佩帶的奴隸記號將要變成王位的記號。她的鎖鏈將成為你的護身，你戴她的項圈將如同穿上漂亮的禮服。你身披智慧，

如同戴上一頂華麗的冠冕。（箴6：23—31）

智慧會使人延年益壽。你有智慧，獲益的是你自己；你拒絕智慧，污損的也是你自己。（箴9：11，12）

像獵手追逐獵物那樣追逐智慧吧。眼望智慧之窗，耳聽智慧之門。緊挨著智慧的屋宇安營，你就會找到一個美好的生活處所。（便14：22—27）

年輕人哪，要吃蜂蜜，那是好的，你吃從蜂房取下的蜜覺得甘甜。智慧和知識對你的心靈也是一樣，你若得到，前途必然光明。（箴24：13，14）

聽從勸導，樂意學習，你就會成為明智人。（箴19：20）

不離棄智慧，她就會衛護你；你喜歡她，她就會保護你的安全。追求智慧是最切要的事，要用你所有的一切換取見識。喜愛智慧，智慧會使你成功；珍惜智慧，智慧會使你得尊

榮。智慧將成為你頭上榮耀的華冠。（箴4：6—9）

年輕人哪！要持守你的智慧和見識，不要讓他們溜走。他們會使你過愉快、歡悅的生活。你會走在平坦路上，不至於跌倒。你安然躺下，一覺睡到天亮，用不著害怕。你不用擔心災難會突然降臨，像風暴會降臨到作惡的人的身上那樣。（箴3：21—25）

如果你發現一個有學問的人，那就早早起來向他請教，以你的拜訪踏破他的門檻兒。（便6：36）

你年輕的時候不抓緊學習，上了年紀就不會長進。讓英明的決策、良好的智謀和灰色的頭髮美好地結合在一起吧。智慧、學問和良謀一向為年高德劭者所傾慕。（便25：3—5）

你要儘量了解周圍的人，從中只採納德高望重者的意見。（便9：4）

明智勝過強壯，知識勝過力氣。作戰必須先有策略；參謀眾多，必操勝券。

智慧的道路沒有人找得到，智慧的價值沒有人知道。深淵說：「智慧不在我這裡」；海洋說：「智慧不跟我在一起」。金子不能購買它，銀子也不能換取它。純金不能跟它較量，珠寶也不能跟它相比。它的價值遠勝過金子，遠勝過純金的器皿和精緻的玻璃。

（箴24：5，6）

（伯28：13—17）

黃金和白銀雖可保證安全，但卻比不上腹有良謀。

（便40：25）

有生命的人應該有智慧。有智慧加上有家業的更好。智慧給你的安全不下於金錢所能給的。智慧能使你穩妥，這便是知識的好處。

（傳7：11，12）

智慧閃爍著明亮的光輝，永不暗淡，愛她而又尋找她的人很容易發現。她馬上會結識任何追求她的人。

（智6：12，13）

智慧的價值遠勝過珊瑚、水晶；有智慧遠超過得到紅寶石。最好的黃玉不能跟她較量，

最純淨的金子也無法與他相比。（伯28：18，19）

智慧使你長壽，也使你富貴榮華。智慧使你過愉快的生活，領你走平安的道路。聰明的人有福了，智慧要給他生命。（箴3：16—8）

尋求智慧的人有福了，找到悟性的人有福了。智慧比銀子更有益處，比精金更有價值。智慧遠勝過珠寶，你所愛慕的沒有一件能跟她相比。（箴3：13—15）

聰明人要獲得榮譽，愚蠢人卻招來更多的恥辱。（箴3：35）

正如舌頭能辨別各類肉食的不同味道一樣，敏銳的頭腦能識破謊言。心思邪惡的人往往惹起禍端，經驗豐富的人卻懂得如何挽回損失。（便36：19，20）

聰明人求知心切，愚蠢人安於無知。（箴15：14）

喜愛知識的人樂於受教，惟有愚蠢人憎恨規勸。（箴12：1）

愚蠢人自以為是，明達人聽從規勸。（箴12：15）

耳聽愚人之言，如同負重行走；然而智人之言，卻使人如釋重負。（便21：16）

明智人過著富足舒適的生活，愚昧人因任意揮霍而傾家蕩產。（箴21：20）

愚妄人以作惡為兒戲，明達人以智慧為喜樂。（箴10：23）

明智人吸收知識，愚妄人到處闖禍。（箴10：14）

機警的人遇到災禍就躲開，愚昧的人上前受害，然後懊悔。（箴27：12）

學者聽見至理名言，心中歡喜而受到啟發；浪子聽見至理名言，心中厭惡而忘在腦後。（便21：15）

在智慧身旁，世上所有的黃金不過是一捧沙子，白銀不過是一堆黏土。我珍視智慧甚於健康和美貌。〔智7：9，10〕

善於深思熟慮的頭腦，如同一堵精雕細刻的堅固牆壁。〔便22：17〕

愚蠢人怒形於色，聰明人心平氣和。〔箴29：11〕

聰明人深藏才學，愚蠢人彰顯愚昧。〔箴12：23〕

跟明智人同行，就有智慧；跟愚昧人作伴，必受連累。〔箴13：20〕

知識將使你歡愉。遠見和悟性要衛護你，使你不至於做錯事。要保護你，使你遠離那些製造是非的人，遠避那些背棄正道、生活在黑暗中、喜歡作惡、以邪惡為樂、走彎曲道路、不可信賴的人。〔箴2：10—15〕

我又發現世上一件有關智慧的事例，覺得很有意義。有一座居民不多的小城被一個強國的王攻擊，他圍困城牆，準備破城。城裡有一個居民，他很窮，卻很有智慧，能救那城。可是，沒有人想到他。我常說，智慧勝過武力，但是窮人的智慧卻被輕視，他的話沒有人聽。其實，聽明智人幾句小聲的話，勝過聽統治者在一群愚蠢人集結處所發出的喊聲。智慧比武器有更大的作用，而一個罪人也能破壞許多好事。（傳9：13—18）

智慧能使你抗拒油嘴滑舌，想勾引你的女人。這些女人對自己的丈夫背信，忘記了自己神聖的誓約。你如果上她的家，無異於走上死路。她的路導向陰間。（箴2：16—18）

走南闖北的人見多識廣，說話有智慧。經驗不足的人不可能懂很多，然而，旅行會使你增加聰明。（便34：9，10）

明智人開口引發智慧，愚昧人發言都是廢話。（箴15：2）

沒有表達出來的智慧如同隱藏在地下的寶物，二者都沒有用處。然而，隱藏愚蠢要比隱藏智慧好得多。（便20：30，31）

明智人的教導是智慧的泉源，智慧能使人逃脫死亡的險境。

（箴13：14）

此生致富可好嗎？使你致富者莫過於智慧，她的作用甚於一切。知識可真有用嗎？有用者莫過於智慧，她塑造一切存在之物。你愛正義嗎？所有美德皆是智慧的傑作：正義與勇敢，克制與知識，生活為我們提供的價值莫過於此。你想具有豐富的經驗嗎？智慧通曉過去，預知未來。

（智8：5—8）

智慧勝過精金，知識強如純銀。

（箴16：16）

聰明人以智慧為華冠，愚蠢人以無知為誇耀。

（箴14：24）

智慧之美賽過太陽與群星。她比光明自身強得多，因為黑夜總是追趕著白天，可是邪惡卻永遠不能征服智慧。她的大能滲到世界的每一個角落，她將一切安排得井井有條。

（智7：29，30；8：1）

遠離惡，便是聰明。

（伯28：28）

跟智慧結婚便會獲得永生。愛她便會無限幸福，為她做工便會無限富有，與她結伴便會有明智的判斷，和她談話便會得到榮耀。（智8：17，18）

傲慢引起爭端，接受規勸便是智慧。（箴13：10）

有錢人往往自以為聰明，明達的窮人都有更深的見識。（箴28：11）

聰明人的智慧使他找到正路，愚蠢人的笨拙使他欺騙自己。（箴14：8）

一根梁木安在屋子裡，屋子就能堅固，不怕地震；一個人經過理智和良知的陶冶，就能在危急關頭保持清醒的頭腦。（德22：16）

全神貫注於智慧，便可獲得豐富的知識。（智6：15）

無知的人自食愚拙的惡果，通達的人以知識為華冠。（箴14：18）

愚蠢人事事自信，聰明人步步小心。〔箴14：15〕

誠實的業績好像一棵樹，結出奇異的果子；智慧好像一棵活根，總是發出新的枝條。〔智3：15〕

有智慧的人將如天上的光體一樣發光。那些教導許多人秉公行義的人，將像星星一樣永遠發光。〔但12：3〕

明智的人沉默寡言，有見識的人心平氣和。〔箴17：27〕

明智者愈多，世界愈安全。一個明智之君乃是其人民安居樂業的保障。〔智6：24〕

對明智人講一句責備的話，比責打愚昧人一百下更有功效。〔箴17：10〕

聰明人的話帶來榮譽，愚蠢人的話自招滅亡。〔傳10：12〕

明智人傾聽各種各樣的意見，傲慢的人卻一意孤行。（便32：18）

教育對於愚人來說，如同手銬；教育對於智人來說，如同金鐲。（便21：19，20）

人的思想有如深井中的水，明智人會時時從中汲取。（箴20：5）

當全族不法之民行將滅亡時，一座城裡的居民可因一人的智慧而存活。（便16：4）

智慧的思路比海洋更寬廣，她的謀略比地下的深淵更深邃。（便24：29）

聰明人知道做事的適當時機和方法。無論做什麼事都要有適當的時機和方法，倒是人所知道的卻很有限。沒有人知道將來要發生什麼事，也沒有人能告訴他。沒有人可以不死，也沒有人能決定自己的死期。這是人不能逃避的戰爭，人不能借欺騙來逃脫。（傳8：5—8）

如果一個人貧窮而有智慧，他就滿有理由引以自豪，他將被視為一個偉大人物。〔便11：1〕

愚人哈哈大笑，智人默默微笑。〔便21：21〕

聰明人的知識如奔流不息的江河，是永不枯竭的妙策之源。反之，愚人的頭腦如同漏底之瓶，裝進多少漏出多少。〔便21：13，14〕

追求知識就是自愛，持守智慧幸福無窮。〔箴19：8〕

智慧光顧那些尋找她的人，將他們推向崇高。熱愛她便是熱愛自身的生命；早起尋找她，便是真正的快樂。任何獲得智慧的人都將獲得崇高的榮耀。〔便4：11—13〕

只有明智人知道事物的意義，智慧使他面有光彩，並使他憂鬱消失。〔傳8：1〕

要像農民耕田那樣努力尋求智慧，而後你才能指望豐收。〔便6：19〕

我們尊敬老人，並不僅僅因為他活得長壽。智慧與正義乃是伴隨老人而來的成熟標誌。（智4：8，9）

對於一個厭煩智慧或教育的人來說，等待著他的將是悲慘的生活。他沒有什麼希望。他的勞動是無效的，他永遠完成不了任何高尚的事業。他的妻子將變得渾渾噩噩，他的孩子將走入歧途。他的所有子孫都將受人唾罵。（智3：11—13）

愚蠢人不管自己有沒有真知灼見，只喜歡在別人面前自我表現。（箴18：2）

智慧永遠不入任何詭詐者或罪犯之家。每個聖潔人都懂得迴避詭詐之徒。邪念剛一萌發，他就坐立不安；不義剛一冒頭，他就頓覺內疚。（智1：4，5）

愚昧人有錢毫無用處，他不曉得用錢換取智慧。（箴17：16）

要棄絕愚拙無知的辯論，這種辯論往往會引起爭吵。（提後2：23）

愚蠢人整天追逐快樂，明智人時常想到死亡。〔傳7：4〕

你把愚蠢人打個半死，他仍然是那麼愚蠢。〔箴27：22〕

不要拜訪愚人或與他們長談。要避開他們，以免他們玷污了你。這樣你才能得安寧，不受他們愚蠢行為的干擾和破壞。〔便21：13〕

胸無一策而自以為聰明的人，連最愚蠢的人也不如。〔箴26：12〕

石頭、沙土雖重，愚昧人造成的禍患更重。〔箴27：3〕

愚人被幻想所欺騙，夢境使他們激動不已。〔便34：1〕

愚蠢像一個喧嚷、無知、無恥的女人，坐在家門口，坐在城裡最高處，向那些匆忙趕路的人喊叫：「來吧，無知的人！」向愚蠢的人說：「偷來的水甜些，偷來的餅更有味。」受害的人不知死亡就在她那裡，往她那裡去的，已經墜入陰間的深處。〔箴9：13—18〕

不先傾聽就搶著回答，便是愚蠢無知。（箴18：13）

愚蠢人重複做愚蠢事，就如狗回頭吃它吐出的東西。（箴26：11）

愚蠢人以無知的話開始，以狂妄的話結束。（傳10：13）

回答愚蠢的問題，等於和發問的人一樣愚蠢。（箴26：4）

愚昧人引用箴言，正像瘸子使用他的腳。（箴26：7）

要用愚蠢人的話回答愚蠢的人，這樣，發問的人就會知道，他並不如自己所想的那麼聰明。（箴26：5）

也許你對歪門邪道樣樣精通，但那並不能使你聰明。聽從壞人的指揮是不明智的。（便19：23）

讚揚愚昧人，無異於夏天降雪，收割時下雨，都不適宜。

〔箴26：1〕

無知的人因拒絕智慧而喪命，愚蠢的人因逍遙自得而毀滅。

〔箴1：32〕

# ．善惡篇．

竭力行善的，受人敬重，
追逐邪惡的，禍患臨頭。
（箴11：27）

正直人如閃耀的光輝，邪惡人像將熄的燈火。（箴13：9）

正義為導向生命之路，邪惡為趨向死亡之途。（箴12：28）

你們要把自己洗乾淨，不要讓我再看見你們犯罪。要立即停止一切罪行！要學習公道，伸張正義，幫助受壓迫的，保護孤兒，為寡婦辯護。（賽1：16，17）

不可圖謀劫奪義人，不可毀壞他的家，因為那是邪惡的事。義人儘管跌倒，總會再站起來，但災禍終將毀滅邪惡的人。（箴24：15，16）

邪惡人沒有人追趕也逃跑，正直人卻像獅子一樣勇敢。（箴28：1）

引誘正直人作惡的要掉進自己的圈套，純潔的人將得到獎賞。（箴28：10）

正直人的口是生命的泉源，邪惡人的話藏匿著殘暴。（箴10：11）

正直人要被懷念，邪惡人身敗名裂。（箴10：6）

圖謀惡事的心存詭詐，促進和平的充滿喜樂。（箴12：20）

好人為子孫留下產業，罪人積藏的財物都歸義人。（箴13：22）

正義衛護無辜，邪惡使人傾覆。（箴13：6）

正直人無往不利，邪惡人禍患不息。（箴12：21）

禍患追蹤罪人，義人都得善報。（箴13：21）

義人常檢討自己的行為，邪惡人往往痴迷不悟。（箴12：26）

義人厭惡不義的人，邪惡人憎恨正直的人。（箴29：27）

狂妄人煽動城市動亂，明智人維護地方治安。（箴29：8）

城邑因義人的居住而興隆，市鎮因邪惡人的言語而傾覆。（箴11：11）

暴風把邪惡人刮走，正直人卻始終穩固。（箴10：25）

義人的願望必能成就，邪惡人所畏懼的偏偏臨到。（箴10：24）

正直人的話語好像純金，邪惡人的心思全無價值。（箴10：20）

正直人的心願結出善果，邪惡人的期望干犯眾惑。（箴11：23）

違背法律的人贊同邪惡，遵守法律的人反對邪惡。（箴28：4）

誠實人的生活充滿幸福，想發橫財的人難逃禍患。（箴28：20）

周濟窮人的，必不缺乏；見貧不濟的，必受詛咒。（箴28：27）

正直人的盼望帶來喜樂，邪惡人的盼望必如泡影。（箴10：28）

正義救援忠誠人，奸詐人被自己的貪婪所害。（箴11：6）

誠實使正直人走平坦的路，邪惡都使人自取滅亡。（箴11：5）

正直人以誠實導引自己，奸詐人因乖謬毀滅自己。（箴11：3）

壞人自食惡果，正直人的善行必得善報。（箴14：14）

邪惡人掉在罪惡的陷阱裡，正直人卻過自由快樂的生活。（箴29：6）

誠實人發達，全城喜樂；邪惡人喪亡，萬眾歡呼。（箴11：10）

邪惡人的口舌殺人流血，義人的言語救人脫險。（箴12：6）

正直人口中常有智慧，邪惡人的舌頭要被割斷。（箴10：31）

立志行善的必得長壽，決心作惡的招致死亡。（箴11：19）

義人的道路像黎明的曙光，越照越明亮，直到白晝到來。
而壞人的道路幽暗，如同黑夜，他們跌倒了，竟不知道是被什麼東西絆倒的。（箴4：18，19）

你們應該像洪水滾滾湧流，不屈不撓地伸張正義！
像溪水川流不息，始終不懈地主持公道！（摩5：24）

我們行善，不可喪志；若不灰心，時候到了，就有收成。（加6：9）

長壽是正直人的善報，白髮是義人榮耀的華冠。（箴16：31）

不可離棄忠誠信實，要把它們繫在你的脖子上，寫在你的心坎裡。
你這樣做，上帝和人們都會喜歡你。
（箴3：3，4）

義人的嘴唇發出智慧的話，他的舌頭述說公義的事。
（詩37：10）

要替不能說話的人發言，維護孤苦無助者的權益。
要替他們辯護，秉公判決，為窮困貧乏的人伸冤。
（箴30：8，9）

如果你們熱心行善，誰會危害你們呢？
即使為義受苦也是可喜的事！不要怕人威脅，也不要驚慌。
（彼前3：13，14）

貧窮而正直，勝過富貴而詭詐。
（箴28：6）

對潔淨的人來說，一切都是潔淨的；對污穢和不信的人來說，沒有一件東西是潔淨的，
因為他們的心地和良知都是污穢的。
（多1：15）

義人的後裔一定蒙福，他的子孫在地上總會強盛。他的家族繁榮，他將長久興旺！

〔詩112：2，3〕

真理、智慧、學問、見識都值得你付出代價，但千萬不可出賣。

〔箴23：23〕

你們必須像光明的人。光明結出一切豐盛的果實，就是善良、正義和真理。

〔弗5：8，9〕

秉公行義使正直的人高興，使作惡的人難受。

〔箴21：5〕

我要你們在好事上聰明，在壞事上無知。

〔羅16：19〕

要祝福迫害你的人，是的，要祝福，而不要詛咒。要跟喜樂的人一起喜樂，跟哭泣的人一起哭泣。無論對什麼人，都要同樣關懷。不要心驕氣傲，反而要俯就卑微；也不要自以為聰明。

〔羅12：14—16〕

義人要擁有土地，代代安居在這片土地上。（詩37：29）

正直的人要像棕櫚樹一樣茂盛，像黎巴嫩的香柏樹一樣高大。……年老之時仍然結出果實，枝繁葉茂，長綠不衰。（詩92：12—14）

世人哪，耶和華已指示你何為善。他向你所要的是什麼呢？只要你行公義，好憐憫，存謙卑的心，與你的上帝同行。（彌6：8）

光，為著義人在黑暗中照耀，為著慈愛、憐憫、正直的人照耀。（詩112：4）

我們到這個世界，沒有帶來什麼；我們又能從世界帶走什麼呢？因此，我們有得吃，有得穿，就該知足。那些想發財的人便是掉在誘惑裡，被許多無知和有害的慾望抓住，最終必會沉沒毀滅。貪財是萬惡的根源。有時人因貪慕錢財而離開信仰的道路，飽嘗了痛苦，心靈破碎。（提前6：7—10）

有七件事是耶和華所憎恨、所不能容忍的，就是傲慢的眼睛，撒謊的舌頭，殺害無辜的

手，策劃陰謀的心，對壞事趨之若鶩，編造假證，在朋友間挑撥是非。（箴6：16—19）

小心呀，別朝著邪惡的路走，未來的苦難警告你要遠離它。（伯36：21）

切莫羨慕罪犯的得逞，你不了解他身上積蓄著什麼樣的禍患。（便9：11）

不要因作惡的人得意而心懷不平，不要嫉妒他們。邪惡人沒有前途，沒有盼望。（箴24：19，20）

不要因作惡的人懊惱，不要羨慕不義的人。他們要像草一般很快枯乾，像花木一樣迅速凋殘。（詩37：1，2）

作惡的人拔刀出鞘，彎弓搭箭，要攻擊窮苦無助的人，殺戮正直的人。但他們的刀將刺穿自己的心，他們的弓箭將被折斷。（詩37：14，15）

邪惡者因言行給自己帶來死亡。他們迷戀著死亡，彷彿死亡是一位情侶。他們與死亡結伴同行，這便是他們應得的下場。〔智1：16〕

作惡的人一出生便迷失方向，撒謊的人一出母胎便背離正路。他們滿身惡毒，像毒蛇一樣；他們塞著耳朵，像聾了的眼鏡蛇，聽不見弄蛇者的笛音，也聽不見魔術師的喃喃咒語。〔詩58：3—5〕

不要憐憫行詭詐的惡人。〔詩59：5〕

上帝造我們時並不希望我們死，他使我們像他自己。把死亡帶到世上的是魔鬼的嫉妒，凡屬魔鬼的人必將死亡。〔智2：23〕

惡人年老時，將會受到那些已達完美境界的青年人恥笑。〔智4：16〕

頑固不化者終將陷入困境，鋌而走險者必將自斃。頑固不化者必將被苦難所壓垮，罪惡之人必將罪上加罪。狂妄自大者遇到困難無藥可醫，因為邪惡在他們身上扎了深根。聰明人

從格言和比喻中汲取教訓，他們注意聽講，因為他們樂意學習。（便3：26—29）

不法者將成為世上的渣滓。邪惡者的行動將導致政府崩潰。（智5：23）

邪惡者專作壞事，死亡將如殘酷的使者臨到他。（箴17：11）

偽善的人用花言巧語掩蓋仇恨的心。話雖溫和，不可信他，因為他心裏充滿憎恨。（箴26：24，25）

耕地時擯棄不義的種子，你就能獲得意外的大豐收。（便7：3）

邪惡的慾望會把你毀掉，使你成為敵人的笑料。（便6：4）

謬誤和黑暗自始就與罪人為伍。那些欣賞邪惡的人將與邪惡相依偕老。（便11：16）

以惡報善的人，禍患永不離家門。〔箴17：13〕

富人追逐窮人，就像獅子在荒郊野外追逐野驢一樣；傲慢者嘲笑謙卑者，富人輕視窮人，也是如此。〔便12：19，20〕

愛犯罪的人喜歡紛爭，愛誇口的人自招禍患。〔箴17：19〕

懲罰無辜不宜，責打善人不義。〔箴17：16〕

不要沉醉於驕奢淫逸的生活，它會把你毀掉。當你錢不夠時，不要借債豪飲，以免自己淪為乞丐。〔便18：32，33〕

罪惡跟蔑視走在一起，羞恥跟辱罵形影不離。〔箴18：3〕

有些壞人可能裝出一副嚴肅而沉痛的樣子，但那不過是在企圖蒙騙你。他們可能背過臉去，假裝心不在焉，可是當你一不小心，就會佔你的便宜。如果一時因故難以下手，他們也

會等待著，一有機會就下手。（便19：26—28）

要像迴避蛇那樣迴避罪。
倘若你靠近它，它的牙齒就會咬進你的靈魂，像一隻獅子把你毀掉。（便21：2）

縱容邪惡人不義，冤枉無辜者不公。（箴18：5）

存心害人的證人無公道可言，邪惡人只貪圖不義。（箴19：28）

罪人走過的道路是平坦的，但它通向陰間。（便21：10）

邪惡的人為自己的暴戾所毀滅，因為他們拒絕走正直的路。（箴21：7）

一群不法之徒猶如一堆乾柴，一遇火星便了其終生。（便21：9）

我對四件事感到可畏：傳遍全城的流言蜚語，成群結隊的暴徒，憑空捏造的控告——這

些真比死亡還要可怕。然而女人之間的嫉妒更是令人痛心疾首，女人的舌頭鞭打著每個人的耳朵。（便26：5，6）

邪惡人想陷害正直人，禍患反臨到自己身上。（箴21：18）

罪惡等待著伺機幹壞事的人，就好像獅子等待著獵物一樣。（便27：10）

把狂傲的人趕走，一切糾紛、爭吵、羞辱就都止息。（箴22：10）

直上直下扔石頭，那石頭就會落下來，砸在自己的頭上。大打出手，自己也會受傷。掘陷阱者自落圈套，傷人者殃及自身，還不知災從何來。（便27：25—27）

越受責罰而越頑固的人，會突然敗亡，無可挽救。（箴29：1）

壞人走的路，你不要走；邪惡者的榜樣，你不要學。要躲避邪惡，不要跟從，只管走你的路，拒絕與壞人同流合污。壞人若不做壞事便睡不著覺，他們不害人便不能成眠。邪惡是

他們的麵包，殘暴是他們的美酒。（箴4：14—17）

邪惡人的罪像羅網一樣，自己犯罪掉進網裡去。他因為不受訓誨而喪命，極端的愚昧使他淪亡。（箴5：22，23）

正直人在世上尚且遭受報復，何況邪惡人和罪人呢？（箴11：31）

惡人的子孫不會興旺發達，他們如同企圖在石頭上扎根的植物，如同河岸上的蘆葦，比其它任何植物都先枯萎。（便40：15，16）

不可做別人在黑暗中所做的無益的事，倒要把這種事揭發出來。暗地裡所幹的勾當，連提一提都是可恥的。當一切事情都被公開出來的時候，真相就顯露了；因為任何顯露的事都會成為光明的。（弗5：11—14）

你們不可歪曲正義，不可偏護窮人，也不可討好有權勢的人。你們要以公正裁判同胞。不可到處搬弄是非，不可危害同胞的生命。（利19：15，16）

自古以來，自從人類被安置在地上開始，邪惡人的得志都很短暫，犯罪者的歡欣都不會是長久的。（伯20：4，5）

欺壓別人的壞人，終生面臨著痛苦。恐怖的聲音常在他耳中，他以為安全的時候盜賊卻到來。他沒有逃脫黑暗的希望，因為有刀劍埋伏，等待著殺他。（伯15：20—22）

貪婪的人急欲發橫財，卻不知貧窮就要臨到。（箴28：22）

金錢乃是財迷心竅者的陷阱，致使愚人紛紛墮入其中。（便31：7）

許多人為錢財喪命，他們與災難臉對臉。（便31：6）

愛錢之人皆有罪，發財的慾望促使他走上犯罪的道路。（便31：5）

性慾乃是一種愈演愈烈的火焰，怎麼也撲不滅，只能任其燒成灰燼。一個人如果沉迷於淫慾之中，就無可救藥，只能被慾火焚毀。（便23：16）

男子不可跟男子有性關係，這是可厭惡的。（利18：22）

無論男女都不可跟獸類有性關係，這是逆性的行為，是對自己的侮辱。（利18：23）

若有女子親近獸類，跟獸有性關係，她和獸都必須被處死，他們罪有應得。（利20：16）

憤怒和暴躁本是令人討厭的，罪人偏偏二者兼備。（便27：30）

不義、狂妄和貪財會導致國家的傾覆。（便10：8）

凡綁架人，把人販賣為奴，或留下作奴隸的，都必須處死。（出21：16）

不可散佈謠言，不可作偽證袒護有罪的人。不可跟從多數人作惡，或歪曲正義。（出23：1，2）

不可收受賄賂，因為賄賂會使人瞎了眼，曲解無辜者的證言。（出23：8）

不可在訴訟上屈枉窮人，不可誣告，不可殺害正義無辜的人。（出23：6）

不可偷竊，不可欺詐，不可撒謊。（利19：11）

小心呀，別讓賄賂誘騙了你，別讓財富把你引入歧途。（伯36：18）

不要依仗暴力，不要幻想靠搶劫發財。（詩62：10）

犯殺人罪等於自掘墳墓。（箴28：17）

打家劫舍的人往往葬送己命。（箴1：19）

誹謗帶來憤怒，正如北風帶來暴雨。（箴25：23）

現在你們必須根絕這些事：不可再有憤怒、惡毒和仇恨，不可再說誹謗和污穢的話。不可彼此欺騙，因為你們已經掙脫舊我和舊習慣，換上了新我。

〔西3：8，9〕

凡是有嫉妒和自私的地方，就有紛亂和各種邪惡。

〔雅3：16〕

# 言行篇

要謹言慎行，
因為你時刻步履在險境裡。
（便13：13）

你們要過愉快的生活嗎？要享受長壽和康樂嗎？那麼，你們的舌頭就不能說邪惡的話，你們的嘴唇就不得說謊。（詩34：12，13）

說話中肯比金銀珠寶更可貴。（箴20：15）

你發言的時候無懈可擊，受指控的時候就必然勝訴。（羅3：4）

長笛和豎琴會奏出優美的樂章，但這兩者都比不過一句甜蜜的話語。（便40：21）

發言之前做好準備，人們就會愛聽你的話。開始講話時要充分運用你所掌握的知識。（便33：4）

耳朵辨別話語，正如舌頭品嘗食物。（伯34：3）

撒謊者的證言不足信；善於聆聽的人發言受尊重。（箴21：28）

作假證的難逃責罰，說謊言的必然滅亡。（箴19：9）

作假證誣告陷害鄰居，猶如利劍、大槌和快箭，也會置人於死命。（箴25：18）

講話時要恰到好處，言簡意賅。讓人看到你知識豐富，卻又沉默寡言。（便32：8）

炭上加炭，火上加火，好爭吵的人煽動紛爭正是這樣。（箴26：21）

閑話和謊言應該受到譴責，因為它們毀過許多安居樂業的人。許多人家破人亡，背井離鄉，就是因為有人散布流言蜚語，撥弄是非。（便28：13，14）

虔誠人談話條分縷析，愚拙人談話自相矛盾。如果你遇上愚人，就找藉口離開；如果遇上智人，就與他促膝長談。（便27：11，12）

言不由衷，猶如粗糙的陶器塗上一層白銀。（箴26：23）

火星可以吹著，也可以啐滅，兩者皆出於你的口。（便28：12）

常常起誓的人心懷不義，懲罰便永遠不離開他的家門。倘若他沒有履行諾言，就是犯罪；倘若他無視諾言，就是罪上加罪。倘若他的起誓從一開始就不誠實，那麼，他就不可能得到寬恕，並將全家遭殃。（便23：11）

有些人保持沉默是因無話可說，有些人保持沉默是因懂得說話要適時。（便20：6）

作惡的人愛聽邪僻的話，撒謊的人愛聽欺詐的話。（箴17：4）

不可冒然出庭作證。倘若有其他證人指證你的錯誤，你怎麼辦呢？（箴25：8）

寬慰的言詞勝過最好的禮物。（便18：17）

如果一個人從不食言，他就應該受到稱讚，就無須受到良心的譴責。（便14：1）

耐心的勸導能打破堅強的抵抗，甚至能說服當權的人。（箴25：15）

空口答允贈送禮物的人，像是有風有雲而無雨。（箴25：14）

危言聳聽，製造紛爭；搬弄是非，破壞友誼。（箴16：28）

如果富人發話，人人都會洗耳恭聽，並把他的話吹得天花亂墜。假如發話的是個窮人呢，人們就會說：「這傢伙是誰？」並把他推倒在地，好像他本來就該跌倒似的。（便13：23）

對傷心的人歌唱，就如冷天脫掉他的衣服，又如在他的傷口上擦鹽。（箴25：20）

事不關己而跟人爭吵，等於上街去揪住野狗的耳朵。（箴26：17）

碎嘴子敗壞了自己的名聲，並且遭到鄰居們的唾棄。（便21：28）

沒有木柴，火就熄滅；沒有閑話，紛爭就止息。（箴26：10）

清晨吵醒朋友，大聲為他祝福，等於是詛咒他。（箴27：14）

白癡引用的諺語無人愛聽，因為引用得不是時候。（便20：20）

愚拙的人比信口開河的人還強些。（箴29：20）

言而無信者有一顆冷酷的心，他會毫不猶豫地傷害你，把你投入監獄。（便13：12）

不要打斷別人的發言。在你開口之前，要先聽聽別人說些什麼。（便11：8）

在你發言之前，要把事實搞清楚，從頭至尾想一遍。（便11：7）

愛說閑話的人洩露機密，誠實的人堪受信託。（箴11：13）

不老實的話一句也不說，撒謊的口舌要遠避。要以誠信的態度正視前面，不要垂頭喪氣。對所計劃的事要有把握，你所做的事就不至於出差錯。要排除邪惡，朝著前面一直走，不要離開正路一步。

（箴4：24—27）

有人因沉默寡言受到稱讚，有人因口若懸河遭到唾棄。

（便20：5）

鞭子留下傷痕，毒舌造成骨折。自古死於誹謗者比死於刀劍者多。

（便28：17，18）

一個人可能遭到無端的譴責，保持沉默也許比爭辯聰明。然而更好的辦法是爭辯，而不是忍氣吞聲。

（便20：1，2）

說誠實話顯示公正，作假見證傷害無辜。

（箴12：17）

不要向朋友或敵人傳話，除非保密會釀成犯罪。無論是誰，聽了你的傳話都會記在心裡，遲早都會因此而遺恨於你。

（便18：8—10）

懇切的話有如蜂蜜，使心靈愉快，筋骨健壯。（箴16：24）

知道什麼就說什麼，不知道的就不說。（便5：12）

如果讀者們只滿足於本人獵取知識，那是遠遠不夠的。每個珍視學問的人都應該以自己的演說和寫作幫助他人。（便前言）

不可沒完沒了地發怨言，那沒有好處。不可說尖酸刻薄的話。你所說的絕密之事，必將帶來某種後果，謊言必將毀掉你的靈魂。（智1：11）

口出惡語之人在所難逃，或早或晚必將遭到恰如其分的懲罰。（智1：8）

莫向朋友講述異想天開的謊言。要根本杜絕講假話。假話永遠無益。（便7：12，13）

愚蠢的人說溫雅的話原不相稱，地位崇高的人撒謊更不相宜。（箴17：7）

不要用言語傷害別人，只說幫助人、造就人的話，使聽見的人得益處。〔弗4：29〕

一個明智人講話時會贏得朋友。一個笨蛋即使遍撒珠玉也是無濟於事。〔便20：13〕

心思邪惡的人得不到好處，言語荒謬的人常遭遇災難。〔箴17：20〕

愚昧的人使自己敗落，他的嘴唇成為自己的陷阱。〔箴18：7〕

不要靠嚼舌來提高自己的聲譽，不要說危害他人的謊言。正如強盜會遭到恥辱一樣，說謊者會遭到嚴厲的譴責。〔便5：14〕

不可將最隱秘的想法告訴任何人。倘若這樣做，就會驅散好運。〔便8：19〕

同許多人互相打招呼，可是採納意見，只能千裡挑一。〔便6：6〕

口舌謹慎的人，得以躲避禍患。〔箴21：23〕

說話要謹慎，嘴邊要備上一把鎖。有人也許正等待看你滑倒呢，倘若不小心，你就會被自己的言詞絆倒在他面前。〔便28，25：26〕

講話要麼給你帶來光彩，要麼給你帶來難堪。你說的話可能把你毀了。〔便5：13〕

溫和的言語充滿生機，歪曲的口舌使人喪志。〔箴15：4〕

明智者一旦失言，就能自識其誤。〔便21：7〕

口舌謹慎的保存生命，信口開河的自招毀滅。〔箴13：3〕

少說閑話，就會少惹許多是非。〔便19：6〕

時刻準備著傾聽，但是回答時要慎重。〔便5：11〕

溫和的回答平息怒氣，粗暴的言語激起忿怒。〔箴15：1〕

但願我的口邊站著一個衛兵，但願我的嘴唇被貼上封條。這樣會使我避免犯錯，使我免受自己舌頭的傷害。〔便22：27〕

出言不慎，如利劍傷人；言語明智，如濟世良藥。〔箴12：18〕

聰明人不逢其時不開口，自作聰明的人都不懂得說話要選擇時間。〔便20：7〕

多言多語難免犯罪，約束嘴巴便是智慧。〔箴10：19〕

失言比失足的損失還要大。〔便20：18〕

感謝和詛咒的話從同一張嘴巴出來，弟兄們，這是很不應該的。從同一泉源能夠湧出甜和苦兩種水來嗎？弟兄們，無花果樹不能結橄欖，葡萄樹不能結無花果，鹹澀的水源也流不出甘甜的水來。〔雅3：10—12〕

舌頭正像火一樣，在我們的肢體中是邪惡的源頭，會污染全身，藉著地獄的火燒毀我們

整個人生的路程。〔雅3：6〕

正直人三思而後回答，邪惡人信口胡言而惹禍。〔箴15：28〕

誰要享受人生的樂趣，希望過好日子，就得禁止舌頭說壞話、嘴巴說謊言，而要避惡行善，一心謀求和平。〔彼前3：10，11〕

不考慮成熟，絕不行動，一旦付諸行動，就不要後悔和疑惑。〔便32：19〕

有計劃的事必然成功，無策略的仗決不可打。〔箴20：18〕

計劃周詳的富足，行為衝動的貧乏。〔箴21：5〕

辛勤工作，生活無憂；終日閑談，必然窮困。〔箴14：23〕

懶惰與浪費，無異難兄與難弟。〔箴18：9〕

懶惰的農夫不知道適時耕種，因而到收穫時一無所獲。（箴20：4）

懶惰人屋漏不修，以致房頂裂縫，屋子倒塌。（傳10：18）

懶惰人待在家裡，他說外面有獅子等著要吞噬他。（箴22：13）

我走過懶惰人的田地和愚昧人的葡萄園，只見荊棘叢生，雜草遍地，周圍的石牆都倒塌了。我一面觀看，一面思考，得出一個教訓：你儘管只是打個盹，睡個覺，叉手躺臥片刻，貧窮就會像帶著武器的匪類來攻擊你！（箴24：30—34）

懶惰人伸手取食，連放進自己口裡也嫌麻煩。（箴26：15）

懶惰的人哪，你要睡到幾時呢？你幾時才起來呢？你說：「我只要打個盹，睡個覺，叉手躺臥片刻。」可是，當你沉睡的時候，貧窮就要像強盜來襲擊你，困乏就要像帶著武器的匪類來攻擊你。（箴6：9—11）

懶惰的人哪，要去察看螞蟻怎樣生活，向他們學習。它們沒有領袖，沒有官長，沒有統治者，都能在夏天儲備糧食，準備冬天的需要。

（箴6：6—8）

懶惰使人貧窮，勤勞使人富足。

（箴10：4）

當你坐在擺著珍饈美味的席前時，不可張大嘴巴，不要說：「看哪，全是吃的！」要記住，貪饞的眼睛是不禮貌的。萬物之中唯有眼睛最饞，因此它才常常流淚。

（便31：12，13）

正如身體沒有氣息是死的，信心沒有行為也是死的。

（雅2：26）

如果你不做壞事，壞事就永遠不會惱到你。

（便7：1，2）

弟兄們，如果有人說他有信心，都不能用行為證明出來，有什麼用處呢？那信心能救他嗎？你們當中有弟兄或姊妹沒有吃，沒有穿，你們卻說：「平安！平安！願你們穿得暖，吃

得飽！」而不供給他們所需要的，那有什麼用處呢？（雅2：14—16）

要謹慎你們的行為。不要像無知的人，而要像智慧的人。（弗5：15）

我們絕不能做任何敵對真理的事，都要維護真理。（林後13：8）

無論什麼時候，一有機會，就該為公眾做有益的事。（太6：10）

每一個人都應該省察自己的行為。如果有好行為，便可引以為榮。（加6：4）

有人說：「我們有自由做任何事。」這話不錯。然而，並不是每一件事都有益處。「我們有自由做任何事。」然而，並不是每一件事都能幫助人。每一個人都不應該為自己的利益著想，而應該關心別人的利益。（林前10：23，24）

我們的愛不應只是口頭上的愛，而是真愛，須用行為證明出來！（約壹3：18）

邪惡人的暴行使他敗亡，正直人因誠實而蒙福佑。（箴14：32）

一個賽跑的人在競賽時不遵守規則，就不能得獎。（提後2：5）

在門外偷聽乃是一種惡習，任何一個具有正常理智的人都將引以為戒。（便21：24）

黑夜快要過去，白天就要來臨。我們不可再做暗昧的事，而要拿起武器，準備在日光下作戰。我們行事為人要光明正大，就像生活在白晝中的人一樣。不可縱慾醉酒，不可邪淫放蕩，不可紛爭嫉妒。（羅13：12，13）

你教導別人，為什麼不教導自己呢？你說「不可偷竊」，自己還偷竊嗎？你說「不可姦淫」，自己還姦淫嗎？（羅2：21，22）

每個劣行都留下一塊永久性的傷疤，彷彿被雙鋒劍刺傷一樣。（便21：3）

行為正直的，得保安全；行為詭詐的，必然跌倒。（箴28：18）

# ■修養篇■

你們要有愛心，因為愛是聯繫一切的關鍵。

（西3：14）

仁慈與博愛的業績，萬古長存。〔便40：17〕

我即使有講道的才能，有各種知識，能夠洞悉各種奧秘，甚至有堅強的信心，能夠移山倒海，但如果沒有愛，就算不了什麼。〔林前13：2〕

愛是堅忍的、仁慈的，有愛就不嫉妒，不自誇，不驕傲，不做魯莽的事，不自私，不輕易發怒，不記別人的過錯，不喜歡不義，只喜歡真理。愛能包容一切，對一切有信心，對一切有盼望，對一切能忍受。〔林前13：4—7〕

你們要有憐憫、慈愛、謙遜、溫柔和忍耐的心。有糾紛時要互相寬容，彼此饒恕。〔西3：12，13〕

在盼望中要常存喜樂，在患難中要學習忍耐。〔羅12：2〕

一個人愛別人，就不會做出傷害別人的事。所以，愛成全了全部律法。〔羅13：10〕

你們要同心，互相同情，親愛如弟兄，以仁慈謙讓相待。不要以惡報惡，以辱罵還辱罵，相反，要以祝福回報。（彼前3：8，9）

最重要的是要彼此真誠相愛，因為愛能消除許多罪過。（彼前4：7—9）

你們要盡力在信心上加上美德，美德加上知識，知識加上節制，節制加上忍耐，忍耐加上敬虔，敬虔加上兄弟的愛，兄弟的愛加上博愛。這些就是你們應該培養的品德。（彼後1：5—8）

你想要別人怎樣對待你，你就怎樣對待別人。（便31：15）

自作惡，不可活。不尊重自己的人便得不到別人的尊重。（便10：29）

不可冒險蠻幹，不可重蹈覆轍。（便32：20）

我們受刑罰，卻沒有被殺掉；憂傷，卻常有喜樂；貧窮，卻使許多人富足；好像一無所

有，卻實在擁有一切。（林後6：9，10）

寬恕別人過錯的，得人喜愛；不忘舊恨的，破壞友誼。（箴17：9）

別讓多愁善感來折磨自己。快樂使人長壽，並使生活更有意義。（便30：21，22）

忍耐勝過武力，自制強如奪城。（箴16：32）

吃一塊硬餅乾心安理得，勝過滿桌子酒肉相爭相吵。（箴17：1）

貧窮而健壯勝過富足而衰弱。健全的體魄和開朗的性格比金子和鑽石寶貴得多。除這兩樣東西，什麼也不能使你更加富有、更加快樂。（便30：14—16）

寧願守信而收入少，不應背信而收入多。（箴16：8）

人生離不開水、糧食、衣服和一個遮風擋雨的家。窮人住在自己的茅屋裡，比到別人家

參加盛宴強得多。即使家境貧寒，也要知足常樂。（便29：21—23）

苦惱的人日子難挨，達觀的人常懷喜樂。（箴15：15）

誠實能增進你的品德，正如漂亮的衣裳能美化你的儀表。（便27：8）

厄運有時會導致成功，佳運有時會導致失敗。（便20：9）

到有喪事的家去，勝過到有宴會的家去，因為活著的人應該常常提醒自己，死亡正等待著每一個人。（傳7：2）

要維護你的名譽，名譽比人活得長久，比一千座金庫還要耐花。美好的生命是有限的，而美好的名譽卻是無限的。（便41：12，13）

要相信你自己的判斷，任何人的意見都不十分可靠。你自己直接觀察所提供的情況，有時要勝過七個站在瞭望塔上的哨兵。（便37：13，14）

教會領袖必須是一個無可指責的人。他只能有一個妻子。他為人要嚴肅，能管束自己，生活要有規律。他要樂意款待異鄉人。他必須善於教導。他必須不酗酒、不打架、性情溫和、不貪愛錢財。他必須善於處理自己家裡的事，善於管教兒女，使他們知道怎樣服從。

（提前3：2—4）

凡事自己作主，不要讓任何事情玷污自己的名譽。

（便33：22）

你要勸老年人，要他們嚴肅、有好品格、能管束自己、有健全的信心、愛心和耐心。你也要勸年老的婦女，要行為謹慎，不要搬弄是非，不可做酒的奴隸，要作好榜樣，善導年輕婦女，訓練她們怎樣愛丈夫和兒女。

（多2：2—4）

只要一息尚存，就不要讓任何人牽著你的鼻子走。

（便32：25）

我已經學會滿足現狀。我知道怎樣過貧困的生活，也知道怎樣過富裕的生活。我已經得到秘訣，隨時隨地都知足：飽足好，飢餓也好；豐富好，缺乏也好。

（腓4：11—13）

我只專心一件事，就是忘記背後，全力追求前面的目標。（腓3：13）

我們從不灰心，雖然我們外在的生存漸漸衰敗，內在的生命卻日日更新。我們所遭受的短暫痛苦要帶來永久的榮耀。我們並不關心看得見的事物，而是關心看不見的事物。看得見的是暫時的，看不見的是永恆的。（林後4：16—18）

面臨死亡，財富有何用處？誠實卻能救援人的生命。（箴11：4）

驕傲人有恥辱跟隨著他，謙遜人有智慧陪伴著他。（箴11：2）

有影響力的人物，更要有良好的品德。（便20：27）

聽從訓誨的人得以存活，不承認犯過的身臨險境。（箴10：27）

掩飾自己罪過的，不能有幸福的人生；承認過失而悔改的，上帝要向他施仁慈。（箴28：13）

在順利的時候，人們往往想不到艱難的時刻；而在厄難之中，又往往會忘記了興旺的時刻。（便11：25）

水裡照出的是自己的臉，內心反映的是自己的為人。（箴27：19）

信譽比財富更寶貴，人格比金銀更可羨。（箴22：1）

明智人不輕易發怒。不追究人的過失，便是美德。（箴19：11）

堅毅的意志能使人忍受病痛。意志消沉，希望就會喪失。（箴18：14）

如果你禮貌和氣，就會贏得許多人的友誼。（便6：5）

自謙的人得光榮，狂傲的人招毀滅。（箴18：12）

喜樂如良藥使人健康，憂愁如惡疾致人死亡。（箴17：22）

貞操提供了一個為人遵循的規範。世上一旦沒有貞操，人們便會無所遵循。貞操向來是一個人能夠贏得的最高獎賞，並將永遠如此。貞操是人所具有的一切美德中最高尚的美德。（智4：2）

耶和華啊，誰可進入你的聖殿？誰可居住在你的聖山？就是行為正直，做事公義的人。他說話真誠，不誹謗人。他不做對不起朋友的事，不造謠中傷鄰居。他憎惡犯罪作惡的人，卻尊重敬畏耶和華的人。他不怕因履行諾言而吃虧，他借出錢財從不索取利息。他不受賄賂，也不陷害無辜。這樣做事的人永不失敗。（詩15：1—5）

兒呀，你要凡事謙卑，人們重視謙卑勝過禮物。你愈是偉大，就愈是謙卑，上帝才會喜歡你。（便3：17，18）

熱情而無知不足取，步步履急躁容易失足。（箴19：2）

忍耐勝過傲慢。（傳7：8）

真金要經過火煉，良心要經過恥辱的熔煉。（便2：5）

好的名譽勝過珍貴的香水。（傳7：1）

你相信什麼，就要堅定不移；你說過什麼，就要言行一致。（便5：9）

憂愁勝過歡樂。面上雖帶愁容，心智卻更加敏銳。（傳7：3）

生命不過像一口氣罷了，人生如泡影。一切的操勞都是虛空，人們積累財富，卻不知道歸誰享受。（詩39：6）

無論做什麼事都要有節制，這樣才永遠不會得病。（便31：22）

為錢財而憂鬱會使你消瘦和失眠。為謀生而憂慮會使你睡不著覺，如同患了重病。

你如果聰明，就應該凡事小心謹慎。當你被邪惡包圍時，更要格外小心，避免犯罪。（便31：12）

（便18：27）

一無所有而自以為了不起的人，只能是自己欺騙自己。（加6：3）

貪圖不義之財危害家室，拒絕賄賂得享長壽。（箴15：27）

自己錯了就承認錯誤，這會使你擺脫困境。（便20：3）

不輕易動怒的人，才算聰明；脾氣急躁的，暴露愚拙。（箴14：29）

寬宏大量有時會與己無益，然而終究會得到加倍的報償。（便20：10）

脾氣急躁的人做事愚妄，通情達理的人鎮定自如。（箴14：17）

不要感情用事，要控制自己的感情。

如果你放任自流地滿足自己的欲望，就會成為敵人嘲笑的對象。（便18：30，31）

如果一個人專橫跋扈，他就會失去所有的一切。（便21：4）

歡笑也許能掩蓋愁苦，但歡樂一過，憂傷依然存留。（箴14：13）

切莫因其小過與人動怒。做任何事皆不可傲慢無禮。自大與不義會引起天怨人怒。（便10：6，7）

脾氣急躁的人常常激發爭端，製造混亂。（箴29：22）

當你溫飽之時，要想想飢餓是什麼滋味；

當你富有之時，要想想貧窮是什麼滋味。（便18：25）

幹嘛要對自己刻薄，對別人大方呢？難道你不願意享用自己的財富？沒有比刻薄自己更為寒酸了，自我懲罰乃是一種罪過。（便14：5，6）

忿怒殘酷而具破壞性，然而嫉妒更加可怕。（箴27：4）

切莫輕視老年人，我們這些人也在變老。切莫對別人的死亡幸災樂禍，要記住，我們所有的人都必然死亡。（便8：6，7）

讓別人誇獎你吧，甚至讓陌生人誇獎你；你可不要自誇。（箴27：2）

切莫重犯前罪，你初次受罰就應該回頭。（便7：8）

性情暴躁的人，就像沒有城牆護衛的城邑。（箴25：28）

不要倚仗金錢放縱自己。不要貪得無厭，為獵物而耗費精力。（便5：1，2）

恐懼不過是喪失了運用理智的能力。
一旦你缺乏依靠理智的信心，就會屈服於愚昧所引起的恐懼。〔智17：12，13〕

在患難的日子，膽怯就是弱者。〔箴24：10〕

吃了過量的蜂蜜不好，想贏得太多的讚揚同樣可厭。〔箴25：27〕

不可姑息那無端的惱恨，它將使你走向毀滅。
忍耐終將結下喜樂之果。沉默不語，以待時機，你將美名揚。〔便1：22—24〕

你們要饒恕人，這樣就必蒙饒恕。〔路6：37〕

不要為明天憂慮，因為明天自有明天的憂慮。今天的難處今天承當就夠了。〔太6：34〕

驕傲如同一股噴射罪惡的泉水，誰入其中，誰就會滿身邪惡。〔便10：13〕

忿怒殺死無知的人，嫉妒使愚妄人喪生。（伯5：2）

貪婪會吞食掉人的靈魂。（便14：9）

驕傲導向滅亡，傲慢必然衰敗。（箴15：18）

智者不可誇耀自己的智慧，勇士不可誇耀自己的力氣，富人不可誇耀自己的財富。（耶9：23）

知足常樂，不要整天憂愁。憂愁對人沒有一點好處，它已毀了許多人。它會使你未老先衰。嫉妒和煩惱會縮短你的壽命。（便30：23，24）

人們感謝好客的主人，他理當受到讚美。全城人都會對小氣待客的主人不滿，這種不滿是理所當然的。（便31：23，24）

不要害怕死亡的判決。要記住，你以前的人遇見過死亡，你以後的人也將遇見死亡。

你們要除掉一切怨恨、衝動和憤怒。不要再喧擾或誹謗，不要再有任何仇恨。要以親切仁慈相對待，彼此饒恕。

（便41：3）

要忍痛節哀。悲痛會傷害你的健康，甚至會導致你的死亡。一個親人死後，會留下綿綿的哀傷，但如果讓哀傷永無休止，那就是不明智了。

（弗4：31，32）

（便38：17，19）

憎恨引起爭端，愛能糾正一切過錯。

（箴10：12）

不要覺得你必須吃盡一切美味。對任何食物都不要貪得無厭。如果你吃得過多，就會得病；如果你長期這樣，就會經常胃疼。貪得無厭會給人帶來死亡。不貪吃的人，活得長久。

（箴37：29—31）

不要自私自利，不要貪圖虛名，要彼此謙讓，看別人比自己高明。不要只顧自己，也要關心別人的利益。

（腓2：3，4）

# ・家庭篇・

家庭要建立在智慧和同情的基礎上。知識普及的地方，家中必定充滿貴重的寶物。

（箴24：3，4）

年輕人哪，要聽從你父親的訓誨，不要忘記你母親的教導。他們的教導將培養你的性格，像一頂華冠；將使你更加俊美，像一條項鏈。〔箴1：8，9〕

年輕人哪，要謹守父親的訓誡，牢記母親的教導。要把他們的話銘刻在心，時刻不忘。他們的教訓要引導你的旅程，黑夜保護你，白天陪伴你。他們的訓誨是亮光，他們的管教指示人生的道路。〔箴6：20—23〕

你們要敬重老人，在白髮的人面前恭敬侍立。〔利19：32〕

你們要孝順父母，就好像是他們的奴隸。說話做事都要榮耀父母，這樣就會得到他們的祝福。父母的祝福會給孩子們注入力量，父母的譴責會給孩子們種下毀滅之根。〔便3：7—9〕

要讓你的父親快慰，讓你的母親歡喜。〔箴23：25〕

全心全意榮耀你的父親，永遠不要忘記母親生你時的痛苦。要記住生育之恩。他們為你

付出的一切，你怎麼償還得了呢？（便7：27）

年輕人哪，父親年老時，你要照顧他；一輩子不要惹他煩惱。即使他頭腦不濟了，也要同情他，不要倚仗自己身強力壯而看不起他。（便3：12，13）

如果尊敬父親，你們就會贖掉罪過；如果榮耀母親，你們就會獲得巨額財富；如果尊敬父母，日後你們自己的孩子也會使你們幸福。（便3：3—5）

凡毆打父母的，必須處死。（出21：15）

任何人咒罵父母，都必須被處死，他罪有應得。（利20：9）

切莫將自己的榮耀建築在父親的恥辱上，他的恥辱並非你的光榮。你的榮耀來自對父親的尊重。如果孩子不尊重自己的母親，那便是他們自己的恥辱。（便3：10，11）

無恥之徒虐待父親，下流之輩迫走母親。（箴19：26）

無論是誰，拋棄雙親，或者惹雙親生氣，就如同詛咒上帝一樣，就是將自己置身於上帝的詛咒之下了。（便3：16）

向父母偷竊而不以為非的，跟一般竊賊沒有兩樣。（箴28：24）

明智的兒子使父親得意，愚蠢的兒子使母親憂慮。（箴10：1）

養活一個沒有教養的孩子，乃是父親的恥辱；如果是個女兒，恥辱就更甚。（便22：3）

愛慕智慧的，父親欣慰；結交娼妓的，傾家蕩產。（箴29：3）

明智的兒子留心父親的教訓，傲慢的人不承認自己的過錯。（箴13：1）

沒有馴服的馬難以駕馭，沒有教養的兒子也不例外。如果你嬌慣自己的孩子並跟他玩耍，他就會使你失望，成為惹禍的根苗。現在你跟他嘻嘻哈哈，將來卻不得不為他哭泣，咬牙切齒地後悔。小時候不要放縱他，不要原諒他的過失。從小就要鞭打他，使他尊重你的權威。若不然，他就會難駕馭，不順服，只能給你帶來悲傷。（便30：8—12）

趁兒女年幼時應當管教，但不可太過嚴厲，以致傷害他們。（箴19：18）

愛孩子的父親常常鞭打孩子，這樣他將來才能在孩子身上得到榮譽。孩子經過訓練才會成為有用之材，他的父親才得以在朋友面前誇海口。（便30：1，2）

管教兒子吧，他會使你終身心曠神怡。（箴29：17）

罪人的孩子在邪惡的環境中長大，會變成可惡的人。罪人忘掉了祖先的傳統，他們的孩子將永遠生活在恥辱中。這些孩子蒙受恥辱，將永遠為此而譴責自己邪惡的雙親。（便41：5—7）

要認真管教兒童。一頓鞭打不至於使他喪命，反而是救了他的命。（箴23：13，14）

兒童的本性接近愚昧，用責打才能叫他們就範。

（箴22：15）

如果你有兒子，就要教育他們。教育他們從小就約束自己。

（便7：23）

如果你有女兒，就要叫她們保守貞操。不要過分放縱她們。

（便7：24）

不懲戒兒子就是不愛他，愛兒子就必須嚴加管教。

（箴13：24）

你們作父母的，不要刺激兒女，免得他們灰心喪志。

（西3：21）

儘管這事不必讓女兒知道，作父親的還是應該徹底警醒，為女兒操心。如果她還年輕，要擔心她可能嫁不出去。如果她已經結婚，要為她的幸福而擔憂。如果她是個處女，要擔心她可能住在家裡被誘姦懷孕。如果她剛剛結婚，要擔心她可能不忠實，或者可能不生育。

（便42：9，10）

老人以子孫為冠冕，兒女以父親為光榮。

（箴17：6）

年輕人的活力可佩，年老人的白髮可敬。（箴20：29）

年終時無兒無女，強過留下一群不肖子孫。（16：2）

父母不必因兒女所犯的罪處死，兒女也不必因父母所犯的罪處死。各人只擔當自己所犯的罪。（申24：16）

不可懷恨兄弟。要坦白地指責你同胞的錯誤，免得自己陷入罪過。（利19：17）

如果你們不能抑制欲念，那就結婚好啦。與其慾火中燒，不如有嫁有娶。（林前7：9）

切莫與處女一見鍾情，若然你得被迫作新郎。（便9：5）

切莫失去與聰明賢惠的女人結親的良機。一位賢妻的價值賽過黃金。（便7：19）

當一個男人結婚的時候，他便在自己的財富中增添一樣最為美好的東西——一個幫助和鼓勵他的妻子。（便36：24）

你們作丈夫的，要愛妻子，不可虐待她們。（西3：19）

丈夫要愛妻子，像愛自己一樣，而妻子應該敬重丈夫。（弗5：33）

賢慧的妻子到哪裡去找呢？她的價值遠勝過珠寶！（箴30：10）

賢妻的丈夫是一個幸運的人，妻子會使他壽增一倍。賢妻給丈夫帶來歡樂，能使他平平安安地過日子。（便26：1，2）

賢慧的妻子乃是丈夫的歡樂，她有能力使丈夫日益強壯。（26：13）

房屋財產從父母繼承，賢慧的妻子是耶和華所賜。（箴19：14）

擁有家畜和果園會使你成名，但這比不過家有愛妻。（便40：19）

你要以自己的妻子為滿足，要跟你所娶的女人同享快樂。她秀麗可愛像母鹿；她的嫵媚使你歡悅，她的愛情使你陶醉。（箴5：18，19）

一位美麗而賢慧的妻子守在和諧的家室裡，如同一輪正午的太陽，照耀在主的天空裡。她那漂亮的面容和苗條的體形全然可愛，宛如來自聖殿裏燭枱上的光芒。她那健美的大腿和堅實的雙踝，宛如金柱鑲上銀座的燭枱。（便26：16—18）

沈默寡言的妻子乃是主的恩賜。這樣的素養是無法用語言來讚美的。淑靜的妻子具有無限的魅力，這乃是一種高貴的無法形容的品質。（便26：14，15）

家有賢妻之人，不論貧窮或富貴，都是幸福的。他們總是笑容滿面。（便26：4）

作妻子的，不可離開丈夫；要是離開了就得獨身。不然，就要跟丈夫和好。作丈夫的，也不可離開妻子。（林前7：10，11）

女人的美麗會使男人心曠神怡，世上沒有什麼比這更悅人眼目。如果這個女人又心地善良、言語文雅，那麼她的丈夫便是男人中最幸運的一個。

（便36：22，23）

同好朋友或好鄰居在一起，你就不會犯錯，但這兩者都比不過一位聰明的妻子。

（便40：23）

丈夫應該愛自己的妻子，好像愛自己的身體一樣；愛妻子的，就是愛自己。

（弗5：28）

如果財產沒有圈在圍牆之內，盜賊就會溜進來把它偷走。如果男人沒有妻子，他就是一個哀聲嘆氣的流浪漢。人們對一個無家可歸、居所無定的男人的信賴程度，不會超過一個到處流竄的盜賊。

（便36：25，26）

你要以信實對待自己的妻子，要專心愛她。你跟其他女人所生的孩子對你沒有好處。會幫助你的是你自己的兒女；陌生人不會幫助你。

（箴5：15—17）

切不可猜忌你的愛妻，這只會教她如何害你。（便9：1）

每一個男人都該有自己的妻子，每一個女人也該有自己的丈夫。丈夫要盡丈夫的責任，妻子也要盡妻子的責任。妻子對自己的身體沒有主權，主權在丈夫；同樣，丈夫對自己的身體也沒有主權，主權在妻子。夫妻不要忽略對方的需求，除非為了專心禱告，彼此同意暫時分房；但以後還要恢復正常的關係，免得你們因為節制不了，而受撒旦的誘惑。（林前7：2—5）

如果你有一位賢德的妻子，那就不要與她離婚；但是，不要相信你所不愛的人。（便7：26）

賢慧的女子建立家室，愚蠢的女子拆毀家室。（箴14：1）

端莊的女子受人敬重，敗德的女子自取恥辱。（箴11：16）

賢慧的妻子是丈夫的華冠，無恥的妻子是丈夫骨中的毒瘤。（箴12：4）

我希望女人在裝飾方面樸素大方，不要以奇異的髮型、金銀珠寶，或高價的衣裳為裝飾。要有好行為，跟自己所表白的信仰相稱。女人要默默地學習，事事謙卑。〔前提2：9，10〕

貌美而無見識的女人，恰如豬鼻子上帶著金環。〔箴11：22〕

寧願住在屋頂的一角，不跟愛嘮叨的妻子同住寬敞的房屋。〔箴21：9〕

愛嘮叨的妻子像淫雨不停地滴漏，要她安靜如同阻擋狂風，或用手抓油。〔箴27：15，16〕

一個刁妻如同一架歪斜的牛軛。要想駕馭牠，就如同伸手拿蠍子。〔便26：7〕

我寧可陪伴獅子或龍，也不願陪伴刁妻。刁妻發起脾氣來，臉色越來越兇，簡直像頭兇狠的黑熊。〔便26：16，17〕

若有人跟以色列同胞的妻子私通，奸夫和淫婦都要被處死。（利20：10）

年輕人哪，現在聽我說吧，留心聽我的話。不要讓淫婦迷住你們的心，不要迷迷糊糊地跟著她走。她已經毀滅了許多人，造成了無數人的死亡。你往她家裡去，就是走向陰間，走向通往死亡的道路。（箴7：24—27）

竊賊因飢餓偷取食物也許情有可原，但如果被抓到就得七倍償還，把自己所有的都賠出來。跟人通姦的人更是愚不可及，他無異於毀滅自己。他一定被羞辱、毆打、蒙上無法除掉的羞恥。一個被妒火激怒的丈夫，在報復的時候決不會留情。他不接受賠償，再多的禮物也無法熄滅他的怒火。（箴6：30—35）

別人妻子的嘴唇也許像蜂蜜一樣甜，她的親吻也許像橄欖油一樣柔滑，但歡樂以後所留給你的，卻只是悲哀，只有痛苦。她要把你帶到死亡的境地，她走的道路通向陰間。（箴5：3—5）

切莫與他人的妻子共同進餐，也不要與她一起喝酒。以免你被她的魅力所引誘，被自己

的情慾所毀滅。〔便9：9〕

不要被女人的美貌所迷惑。〔便25：21〕

你能夠懷裏藏火而不燒掉自己的衣服嗎？你能夠在炭火上行走而不灼傷自己的腳嗎？跟別人的妻子睡在一起，會有同樣的危險。〔箴6：27—29〕

每逢你遇上一個漂亮的女人，都要把臉扭到別處去。不要朝思暮想你妻子以外的漂亮女人。有許多人曾被女人的美貌引入歧途。美女能燃起情慾，好像她是一團火。〔便9：8〕

凡看見婦女就動淫念的，這人心裏已經與她犯奸淫了。〔太5：28〕

要遠離他人的妻子，以免她們引誘你。〔便9：3〕

妓女和敗德的女人是致命的陷阱，她們像強盜埋伏，使許多人背信棄義。

切莫委身妓女，以免你傾家蕩產。（箴23：27，28）

我確實聽說你們當中有淫亂的事，這種淫亂即使在異教徒中也是不能容忍的。我聽說，有人跟他的繼母同居！你們還有什麼好誇口的呢？你們倒應該覺得痛心，把做這種事的人從你們當中清除。（便9：6）（林前5：1，2）

任何人都不可跟骨肉之親有性關係。（利18：6）

不可跟自己的母親有亂倫關係，羞辱了父親；不可侮辱自己的母親。（利18：7）

不可跟親姊妹、異母或異父姊妹有亂倫關係。不管她是跟你在家裡一起長大的，或不是在一起長大的，都不可有這種關係。（利18：9）

不可跟自己的孫女有亂倫關係，這是羞辱你自己。（利18：10）

不可跟異母姊妹有亂倫關係，因為她也是你的姊妹。（利18：11）

不可跟自己的姑母或姨母有亂倫關係。（利18：12，13）

不可跟自己的伯母或叔母有亂倫關係。（利18：14）

不可跟自己的兒媳、嫂嫂或弟媳有亂倫關係。（利18：15，16）

不可跟與你有過性關係的女人的女兒或孫女有性關係。（利18：17）

你的妻子還活著的時候，不可娶她的姊妹，使之作她的情敵，羞辱了她。（利18：18）

不可跟經期內的女子有性關係，因為她是不潔淨的。（利18：19）

不可跟別人的妻子私通，污辱了自己。（利18：20）

若有人跟自己的兒媳私通，兩人都必須被處死，他們亂倫，罪有應得。（利20：12）

若有人娶了妻子，又跟岳母結婚，三個人必須都用火燒死，因為他們做了可厭惡的事。（利20：14）

若有人跟親姊妹、異母或異父姊妹結婚，他們必須公開受侮辱，被趕出他們的社區。（利20：17）

若有人跟經期內的女人有性關係，兩個人都要被趕出社區，因為他們違反了有關不潔淨的條例。（利20：18）

若男子跟男子有性關係，做了可厭惡的事，兩人都必須被處死，他們罪有應得。（利20：13）

要像愛護自己一樣愛護聰明的僕人，並且給他以自由。（便7：21）

切莫虧待一個忠於職守的僕人，切莫虧待一個為你盡力工作的傭工。

（便7：20）

# ・交往篇・

要盡你的全力跟大家和睦相處。（羅12：18）

物以類聚，人以群分。像同類動物聚在一起一樣，人也要與跟自己合得來的人交朋友。（便13：15，16）

能當朋友時，就不要當敵人。（便6：1）

泛泛的伙伴情薄似紙，深交的朋友親逾骨肉。（箴18：24）

切莫為銀錢而出賣朋友。即使能換得世上旨所有的黃金，也不能出賣一個真正的朋友。（便7：18）

鄰近的朋友，勝過遠方的兄弟。（箴27：10）

香料和膏油使人歡悅，深厚的友誼使人鼓舞。（箴27：9）

一個忠實的朋友如同一劑良藥，會保你身體健康。（便6：16）

明智人的責備，勝過愚蠢人的讚揚。（傳7：5）

一個忠實的朋友如同一個安樂窩，找到一個，你便發現一座寶庫。沒有任何東西這麼值錢，此乃無價之寶。（便6：14）

一個真正的朋友會幫助你反對仇敵，並且在戰鬥中保護你。永遠不要忘記這種在戰鬥中結成的伙伴，要和他共享勝利的果實。（便37：5，6）

朋友在於時常關懷，兄弟在於分擔憂患。（箴17：17）

永遠不要拋棄老朋友。你永遠也找不到可以代替他的新人。友誼好像酒一樣，愈是年深日久，就愈是芳香醇美。（便9：10）

不要把別人的話都記在心上。你也許會聽見僕人侮辱你，可是，別忘記你也曾屢次侮辱別人。（傳7：21，22）

有三件事使我欣慰，它們對主和人類都同樣美好：兄弟團結，鄰里和睦，夫妻恩愛。

（便25：1）

好心人願意為鄰居的借債擔保。只有那些不明事理的人才拒絕作保。如果什麼人對你做了這種好事，可不要忘了人家，他是拿自己的名譽為你作保的。只有忘恩負義的罪犯才拋棄自己的擔保人，致使擔保人蒙受財產的損失。

（便29：14—16）

應該立下決心，不做任何使兄弟失足的事。

（羅14：13）

不要以惡報惡。大家以為美好的事，要專心去做。

（羅12：17）

拒絕管教等於傷害自己，聽從規勸便是求取智慧。

（箴15：32）

傷口可以包紮，污辱可以忘卻，但是如果你失去了朋友的信任，就再也無可挽回。

（便27：21）

拒絕規勸必然窮困羞辱，接受管教必定受人敬重。（箴13：18）

不虔者以言語敗壞鄰居，義人以智慧救助別人。（箴11：9）

如果你把聽到的秘密講出去，就會辜負人家對你的信任，你就再也不會有親密的朋友。要尊重你的朋友，要跟人家講信用。（便27：16，17）

不要妄跟愚昧人人講道理，因為他不會重視你明智的話。（箴23：9）

你們彼此告狀，這證明你們是完全失敗的。為什麼不寧願受點委屈？為什麼不甘心吃點虧？你們竟彼此虧負，互相欺騙，連對自己的兄弟們也是這樣。（林前6：7，8）

當鄰居清貧時取得他的信任，當他富有時就會分享他的快樂。要想與人家有福同享，就得先與人家有難同當。（便22：23）

你若糾正傲慢人的過錯，就是自招凌辱；想責備邪惡人，無異於傷害自己。不要指責傲慢人的過錯，因為他會恨你。你若指教明智的人，他會尊重你。指教明智的人，會使他更加明智；教導正直的人，會使他增長學問。

（箴9：7—9）

如果你侮辱人，如果你驕傲自大，如果你揭人之短，或者給人家意外的難堪，就將失去任何朋友。

（便22：22）

規勸別人的，往往比專說諂媚的更受愛戴。

（箴28：23）

公開的譴責，比讓對方以為你漫不經心還好些。

（箴27：5）

如果投石打鳥，就會把鳥驚飛；如果侮辱朋友，就會把友誼斷送。

（便22：20）

如果有人說他生活在光明中，都恨自己的兄弟，他就仍然是在黑暗中。愛兄弟的，就是生活在光明中，他不會使別人失足。可是，那恨兄弟的，就是在黑暗中；他在黑暗中走，不知道自己往哪裡去，因為黑暗使他眼睛瞎了。

（約壹2：9—11）

朋友出於善意所加的創傷你得忍受；敵人不停地擁抱你，你得當心。（箴27：6）

如果你得於情面而答應了朋友的請求，那也不必變友為敵。（便20：23）

要留心師長的訓誨，盡可能聽從他的智言。（箴23：12）

你跟大人物同桌吃飯的時候，要記住他是誰。如果你胃口大，就得約束自己。不要饞涎他的佳肴美味，那可能是他的圈套。（箴23：1—3）

弟兄們，我勸你們要警告懶惰的人，鼓勵灰心的人，扶助軟弱的人，並且以耐心待人。要謹慎，誰都不可以惡報惡，而要常常彼此關心，為別人的好處著想。（帖前5：14，15）

切不要跟女人討論她的情敵，跟懦夫討論戰爭，跟商人討論合同，跟買主討論賣主，跟吝嗇鬼討論謝禮，跟殘忍者討論仁慈，跟懶漢討論工作，跟臨時工討論解雇，跟懶惰的奴隸討論艱巨的任務。（便37：10）

不可斥責老年人，要待他們像自己的父親一樣。待年輕人要像自己的兄弟一樣，待年老的婦人要像自己的母親一樣。待年輕婦人要有純潔的心，像待姊妹一樣。

（提前5：1，2）

不要請不信任你的人給你出主意，也不要給嫉妒你的人出主意。

（便37：10）

不要被任何人用花言巧語引入歧途。

（西2：4）

你要提醒大家，要他們服從執政者和政府，隨時隨地聽從命令，做各種好事。勸他們不要誹謗別人，不要爭吵；要和氣友善，以謙讓的態度對待所有的人。

（多3：1，2）

對任何人都不可過分嚴厲。切不可賞罰不公。

（便33：29）

兩個人在喝酒時千萬不要互相指責。當對方正在興頭上時，切不可傷害他的感情。這時不可批評人，也不可索要債務。

（便31：31）

如果你欠了人家的債，就趕快還給人家。
如果你守信用，就能隨時借到你所需要的一切。〔便29：2，3〕

素菜淡飯而彼此相愛，勝過酒肉滿桌而彼此相恨。〔箴15：17〕

不要抨擊鄰居的過失，而要原諒他們。〔便28：7〕

藐視教訓的，自招災禍；遵從訓誡的，穩妥安全。〔箴13：13〕

當鄰居拮据的時候，你要大大方方地把錢借給他。〔便29：1〕

過分急切地相信人，乃是輕率之舉。〔便19：4〕

永遠不可相信敵人，敵人的邪惡如同銹菌一樣有害。
要警惕啊，要防備這種人，不管他裝扮得何等謙卑。〔便12：10，11〕

當你得志的時候，你很難說出誰是你的真正朋友，然而當你倒楣的時候，卻可以認出自己的敵人，那時就連你的朋友也會避開你。〔便12：8，9〕

把什麼樣的人引到你家裡可要慎重，有些詭詐的人會千方百計地蒙騙你。〔便11：29〕

任何人都能出主意，可是有些人出主意僅僅是為了個人的利益。〔便37：7〕

任何人都可以聲稱是你的朋友，但其中有些人不過是名義上的朋友。〔便37：1〕

不要見一個人外表好看就誇獎，也不要見一個人其貌不揚就冷眼相待。〔便11：2〕

有些人只能在得利時作你的朋友，一旦你倒楣，他們就躲開了。〔便6：8〕

當你走運的時候，有些人一直是你的朋友；
可是當你一倒楣，他們便會掉過頭來反對你。〔便37：4〕

交朋友時，切不可過早地相信他們，要待他們自我證實可靠之後再相信。

〔便6：7〕

當友誼化為仇恨的時候，所引起的痛苦就跟死亡一樣。

〔便37：2〕

緋短流長難保機密，好饒舌的不可結交。

〔箴20：19〕

年輕人哪，如果壞人來勾引你，不要隨從他們。如果他們說：「來吧，我們去殺人；我們找幾個無辜的人來打一頓，消遣消遣！我們要像冥府把他們活生生地吞下去，叫健康的人跌進無底深坑裡去！我們會獲得各種財物，屋裡裝滿搶來的東西！一起來幹吧！讓大家分享奪來的贓物！」年輕人哪，不要跟從這種人去，要遠遠地避開他們。

〔箴1：10—15〕

狼不能作羊的朋友，惡人不能作義人的朋友。
鬣狗不能與家狗同行，富人不能與窮人同行。

〔便13：17，18〕

不可跟那些自稱為信徒，卻淫亂、貪婪、拜偶像、辱罵別人、醉酒或盜竊的人來往。跟

這樣的人就是同桌吃飯也不行。（林前5：11）

壞的友伴會敗壞品德。（林前15：33）

你不可與性情暴躁者展開爭論，也不可單獨與他去無人之處。這種人視暴力如同兒戲，恐怕在你孤立無援時，他會把你打倒。（便8：16）

你不可與魯莽者同行。這只會給你招惹是非。他會隨心所欲地幹些蠢事，恐怕你要跟他一起毀掉。（便8：15）

孩子啊，聽我的話，你要明智，謹慎對待自己的生活。不要結交好酒貪食的人，這種人一定會窮困。你若整天貪吃貪睡，就得穿破爛衣服。（箴23：19—21）

如果你接觸柏油，柏油就會黏附在你身上。

如果你跟傲慢之徒為伍，就會變得跟他們一樣。（便13：1）

如果你的右手邊坐著一個敵人，那麼下一步你就應該知道，他會企圖奪取你那榮耀的位置。把他放在身邊，他會把你推翻。〔便12：12〕

不要嫉妒作惡的人，也不要跟他們來往。他們專想幹壞事，他們一開口便傷人。〔箴24：1，2〕

切莫加入犯罪團夥，要記住，上帝的懲罰是註定要來的。〔便7：16〕

切莫資助罪犯，使他增加犯罪的機會。你要當心身受其害，因為火上加薪，只能助燃。〔便8：10〕

跟盜賊為伍就是跟自己為敵。〔箴29：24〕

敵人只會陪伴你一時，你一倒楣，他就不在了。他會一邊陰謀害你，一邊說出漂亮的話。他會假裝分擔你的憂傷，可是一遇機會，便會殺害你。〔便12：15，16〕

遠離你的仇敵，提防你的朋友。〔便6：13〕

禮物開方便之門，引你晉見重要人物。〔箴18：16〕

向有錢人送禮，或靠剝削窮人致富的人，終必缺乏。〔箴22：16〕

如果你能擺脫握有生殺之權的人，就無需為性命擔憂。倘若你必須接近他，那可得異常謹慎，不然他會把你殺掉。應該清醒地認識到，你步履在暗藏的陷阱之中，你是一個明顯的目標。〔便9：13〕

注意傾聽老年人的話，因為他們接受了前人的知識。你應該向他們學習，他們會教你如何為人處事。〔便8：9〕

要厚待活者，追念死者。對失去親人者表示同情，並與他們一起哀悼。要毫不猶豫地探視病人。你會因此受到愛戴。〔便7：33—35〕

存心謙卑跟窮人來往，勝過跟狂妄人均分臟物。（箴16：19）

憐恤貧窮人的有福，輕視鄰舍的有罪。（箴14：21）

要像你父親那樣對待孤兒。要接濟寡婦，要幫助她們，因為她們的丈夫再也不能幫助她們了。（便4：10）

永遠不要惹起飢餓者的不滿和憤怒。切莫增加失意者的煩惱。如果他需要什麼，切莫拖延不給他。（便4：2，3）

要慷慨！那把食物分給窮人的人，必然蒙福。（箴22：9）

慷慨好施，日益富裕；一毛不拔，反更窮困。（箴11：24）

在患難中最好有兄弟和幫手相助。但是你如果養成濟貧的習慣，對你的幫助會更大。（便40：24）

慷慨好施的人，更加發達；幫助別人的人，也必得助。〔箴11：25〕

濟貧本身也是積蓄財寶，它會救你擺脫各種煩惱。
用它來禦敵，賽過最堅實的盾牌和最鋒利的矛槍。〔便29：12，13〕

要維護窮苦人和孤兒的權利，要以公道對待貧寒無告的人。
要救援窮苦貧困的人，使他們免受惡徒的欺凌。〔詩82：3，4〕

不可剝削窮人，占他們的便宜；不可欺壓法庭上無助的人。〔箴22：22〕

要盡你的力量，向需要幫助的人行善。你今天有力量幫助鄰人，就不要叫他們等到明天。不可謀害鄰人，他相信你，才定居在你旁邊。人家沒有傷害你，不可無故跟他爭吵。〔箴3：27—30〕

向謙卑人做好事，而不要向邪惡者做好事。不要把好吃的送給邪惡者，否則，他們會利用你的善良來攻擊你。你向這種人做的每件好事，都會給你招來兩倍以上的麻煩。

（便12：5）

救濟窮人可以贖罪，正如水可以滅火一樣。任何以善行回答別人的人，都是為將來著想；如果他一旦陷入困境，他也會得到幫助。

（便3：30，31）

充耳不聞窮人哀求的，自己求助時也沒人理睬。

（箴21：13）

當你做第一件好事的時候，應該弄明白受益者是誰，這樣你的作為才沒有白費。你對虔誠人所做的任何善事，都會得到報償。

（便12：1，2）

食物對窮人來說就意味著生命，剝奪他們的食物便是謀殺。剝奪人家的生計或剋扣傭工的工資，都無異於圖財害命。

（便34：21，22）

不可虐待寡婦和孤兒。如果你們虐待他們，我——耶和華就要垂聽他們求助的呼聲，且要發烈怒，使你們死於刀下，使你們的妻子成為寡婦，你們的兒女成為孤兒。

收割的時候，你們不可割田邊的穀物，也不可回頭去撿掉下來的穗子。你們不可摘淨葡萄園的葡萄，也不可撿掉落在地上的葡萄。要把這些留給窮人或外僑撿拾。

〔出22：22—24〕

〔利19：9，10〕

如果你拿人家的衣服作抵押，必須在日落前還給他，因為他只靠這件衣服取暖，沒有它怎能睡覺呢？

〔出22：26〕

不可剝削同胞，也不可搶他的東西。不可剋扣工人的工錢，即使是一天也不行。

〔利19：13〕

如果你有同胞貧窮得無法維持自己的生活，你要供給他。你借錢給他，不可索取利息；賣糧給他，不可求利。

〔利25：35—37〕

不可咒罵聾子；也不可阻礙瞎子的路，使他跌倒。

〔利19：14〕

外國人的債務，你可以追討。但是對自己的同胞，無論他們欠你什麼，都不可追討。（申15：3）

耶和華厭惡詭詐的天平，他喜愛公平的砝碼。（箴11：1）

不可用一大一小兩樣的砝碼，不可用一大一小兩樣的量器。要誠實，用準確的砝碼和量器。（申25：13）

詭詐的砝碼，虛假的天平，都為耶和華所厭惡。（箴20：23）

不可用不公平的度、量、衡欺騙人，要用公平的秤、尺、升斗。（利19：35）

如果有人夜間破門進入別人的家，給發現了被殺死，殺他的人無罪。（出22：4）

殺人的應被處死，殺別人的牲畜必須賠償。要以命償命。（利24：17，18）

人若傷害了別人，要照他怎樣對待別人來對待他：以骨還骨，以眼還眼，以齒還齒。〔利24：19〕

若兩人打架，一方用石頭或拳頭打傷對方，但未打死，可以不受懲罰。如果被打的人因傷臥床，但以後能夠起來，扶杖出門行走，那打他的人應賠償他時間上的損失，並負責把他治好。〔出21：18，19〕

如果有人偷一頭牛或一隻羊，無論是宰了，還是賣了，他都必須拿出五牛賠一牛，拿出四羊賠一羊。他必須償還所偷的。〔出22：1，2〕

如果有人在田裏或葡萄園裏放牧牛羊，讓牲畜在別人田裏吃了穀物，他必須拿自己田裏的穀物或葡萄賠償別人的損失。〔出22：6〕

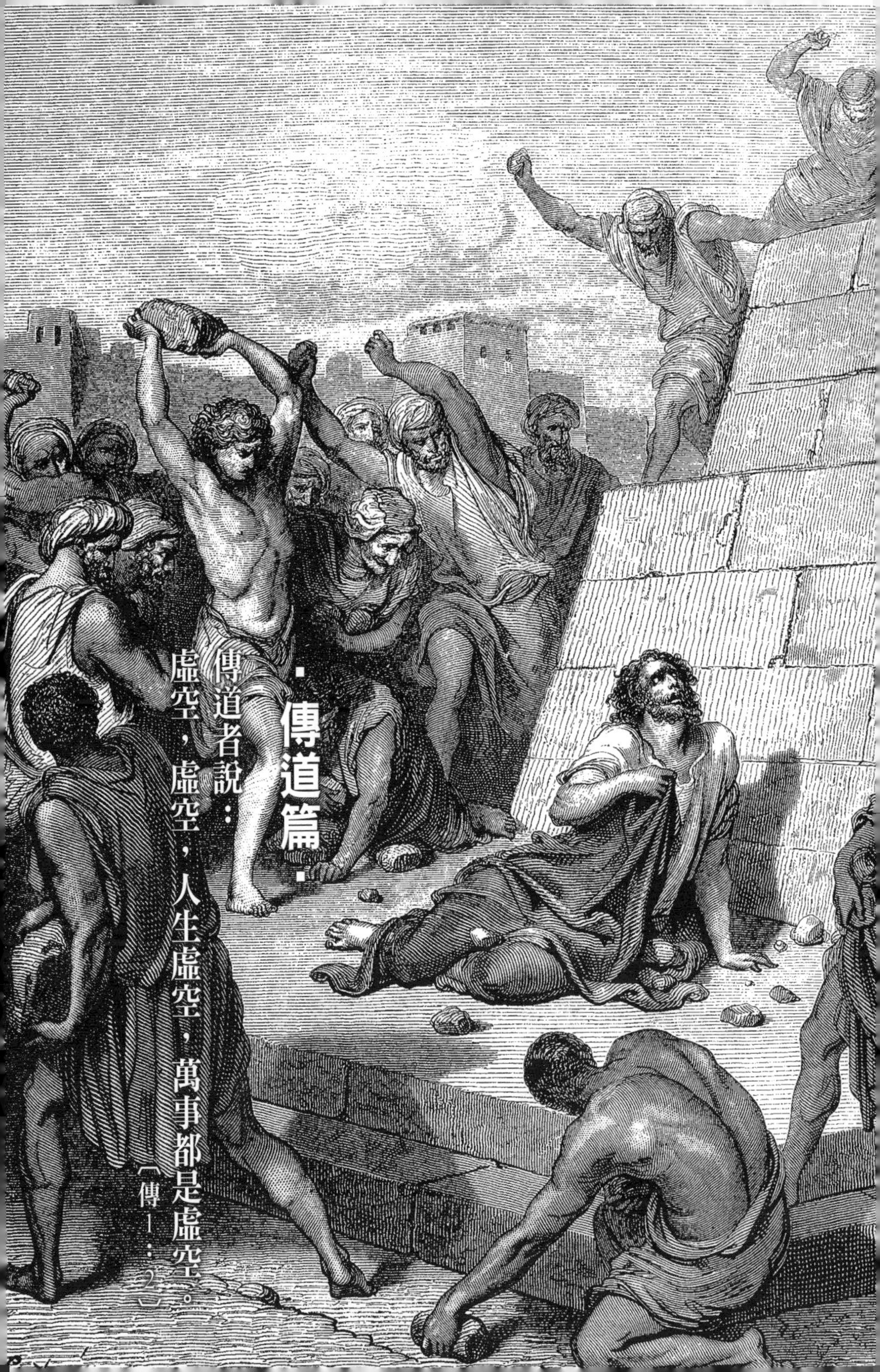

# ·傳道篇·

傳道者說：
虛空，虛空，人生虛空，萬事都是虛空。
（傳1：2）

傳道者說：虛空，虛空，人生虛空，萬事都是虛空。人在太陽底下終生操作勞碌，究竟有什麼益處？一代過去，一代又來，世界大地卻永不改變。太陽上升，太陽下沈，匆匆歸回原處，再從那裡出來。風向南吹，又向北轉，不停地旋轉，循環不已。江河流入大海，海卻不滿不溢；水從何處流來，仍又返回原處。萬事令人厭倦，無法盡述。眼看，看不盡；耳聽，聽不足。發生過的事還要發生，做過的事還要再做。太陽底下，一件新事也沒有。有哪一件事人能說：「看吧，這是新的」？不可能！在我們出生以前早已經有了。往昔的事沒有人追憶，今後發生的事也沒有人紀念。

〔傳1：2—11〕

我是傳道者，我在耶路撒冷作過以色列的王。我決心用智慧探求、考察天下發生的一切事。上帝給人類的勞碌多麼艱難！我觀察了山上的一切事，一切都是虛空，都是捕風。彎曲的東西不能變直，缺乏的事物難以數清。

〔傳1：12—15〕

我對自己說：「我是一個大人物，比任何一個統治過耶路撒冷的人都有智慧。我知道智慧是什麼，知識是什麼。」我決心辨明智慧和愚昧、知識和狂妄。但是，我發現這也是捕風。智慧越多，煩惱越深；學問越博，憂慮越重。

〔傳1：16—18〕

我自言自語地說：「來吧！試一試享樂！來享享福！」可是，這也是虛空。我發覺嬉笑是狂妄，享樂毫無益處。我保持看理智去體驗荒唐的生活，決心借酒自娛，尋求快樂。我想，這也許是人生在世的短暫歲月中最好的生活方式。

（傳2：1—3）

我大興土木，為自己建造房屋，栽種葡萄。我修造庭院果園，種植各種果樹。我挖掘水池，澆灌樹木。我買來奴婢，也役使在家裡的奴僕。我擁有許多牛羊，比任何在耶路撒冷住過的人都多。我為自己積聚君王的金銀和各省的財寶。我有許多歌唱的男女，有無數的妃嬪，極盡聲色奢華。不錯，我強大，勝過任何在耶路撒冷住過的人，並且，我大有智慧。我要什麼，就有什麼，我盡情享受，不受拘束。我從自己的勞碌得到快樂，這就是我的酬報。可是，當回顧自己的成就，思考所付出的辛勞時，我卻領悟到，一切都是虛空，都是捕風，世上的一切都沒有益處。因為，一個君王所能做的，都是以往的君王所做過的。

（傳2：4—12）

於是，我再思考什麼是智慧、狂妄和愚昧。是的，我看出智慧勝過愚昧，恰如光明勝過黑暗。聰明人能看清楚他前面的道路，愚蠢人卻在黑暗中摸索。可是我知道，他們的命運都一樣。我心想：「愚蠢人的遭遇也是我的遭遇。我儘管聰明，又有什麼益處呢？」我的答案是：「沒有，一切都是虛空！」聰明人和愚昧人一樣，都沒有人長久地紀念他們；因為在將來的日子，他們都會被遺忘。無論是智是愚，都要死去。因此，人生對我沒有意義，太陽底下所做的一切事，都只能使我煩惱。一切都是虛空，都是捕風。

（傳2：13—17）

太陽底下由勞碌得來的一切，對我也都沒有意義，因為我不能不把一切留給後人，而那人是智是愚，誰能知道？可是，他將擁有我在世上以勞碌和智慧獲得的成果。這也是虛空。因此，我對以往在太陽底下的幸苦勞碌非常失望。人以他的智慧、知識、技能所得來的，都得留下，讓別人不勞而獲。這也是虛空，太不公平！人在太陽底下的操心、辛苦、勞碌，究竟有什麼益處呢？所作所為無非痛苦愁煩，夜夜不得安寧。這也是虛空。

（傳2：18—23）

一個人能夠吃喝，享受他勞碌的成果，便算是幸福了。然而，我體會到這都是出於上帝的旨意。要不是出於上帝，誰能吃喝？誰能享受？上帝賜智慧、知識和喜樂給那使他喜樂的人，卻使罪人辛勞操作，把他們所積聚的都給那使他喜悅的人。這也是虛空，也是捕風。

（傳2：24—15）

天下萬物都有定時，凡事也必有定期。誕生有定時，死亡有定時；栽種有定時，拔除有定時；殺害有定時，醫治有定時；拆毀有定時，建造有定時；悲傷有定時，歡樂有定時；哀慟有定時，舞蹈有定時；擁抱有定時，分離有定時；親熱有定時，冷落有定時；尋找有定時，遺失有定時；保存有定時，捨棄有定時；撕裂有定時，縫補有定時；緘默有定時，言談有定時；愛慕有定時，憎恨有定時；戰爭有定時，和平有定時。

（傳3：1—8）

那麼，我們一切的勞苦有什麼用處呢？我看出，是上帝使我們負荷沉重的擔子。他為萬事規定適當的時間。他使我們具有永恆的意識，卻不使我們完全明白他一切的作為。所以我想，人不如時常歡樂，一生享福。我們都應該吃喝，享受幸勞的成果。這是上帝的恩賜。

（傳3：9—13）

還有，我看到在這世上，那本應有公道和正義的地方，反而有邪惡。因而我心想：「是好人，是壞人，上帝都要審判；但每件事情，每種行為都要在特定的時間進行審判。」我又想：上帝在考驗我們，要使我們知道，我們並不比獸類高明。到頭來，人和獸命運相同：前者怎樣死，後者也怎樣死。兩者有一樣的氣息，人並不比獸強，因為一切都是虛空。兩者都要歸回塵土，他們從哪裡來，還要回哪裡去。誰能肯定人的靈會往上升，而獸的魂會落入地底下呢？所以我看，人最好是享受他勞碌的成果，這就是他的命運。誰能使他看見身後的事呢？

〔傳3：16—22〕

我又察看世上一切不公平的事。被欺壓的人流淚哭泣，沒有人援助他們。他們得不到援助，因為欺壓他們的人有權有勢。我羨慕那些已經死了的，認為他們比活著的人幸福。然而，那未出生，未曾看見世上所發生的不公平事的人，比上述兩種人都幸運。

〔傳4：1—3〕

我又發現：人勞碌工作，追求功名，是因為羨慕鄰人。這也是虛空，也是捕風。有人說：「愚蠢人游手好閒，到頭來只能讓自己餓死。」不過，與其辛勤勞動卻徒勞無功，還不如稍稍勞作而心安理得。

〔傳4：4—6〕

我又看見太陽底下另一些虛空的事：有人孑然一身，沒有兒子，也沒有兄弟，都整天勞碌，從來不滿足於自己所擁有的財富。他們辛辛苦苦，不敢享受，到底是為誰呢？這也是虛空，也是不幸。

〔傳4：7，8〕

一個貧窮但聰明的小伙子，總比那又老又愚蠢、不懂接納忠告的皇帝更好，雖然這小伙子，在本國中出身貧寒，但只要他一旦脫離囚籠，卻也可以一躍成為皇帝。我看見日光之下所有人都起來擁護這年輕的新領袖，而推翻先前在位的。現在擁護他的人多得無法勝數，可是，日後新一代的人都又會不滿於他。這也是虛空，也是捕風。

（傳4：13—16）

貪愛錢財的人總不知足，羨慕財富的人總得不到所要的一切。這也是虛空。你越富有，靠你吃飯的人越多。你的收益不過是過眼烟雲罷了。勞工不管吃飽吃不飽，總是睡得香甜。有錢人有了財產，都不能成眠。

（傳5：10—12）

在這個世上我看見一件不幸的事：有人累積財富，反而害了自己。經營不善使他喪失一切，結果他沒有遺產可留給子孫。他空手到世上來，還得空手回去。不管在世怎樣勞碌，他什麼都不能帶走。這是何等不幸！來的時候怎樣，去的時候也怎樣。操心勞苦究竟圖的是什麼呢？況且，他天天生活在黑暗、悲愁、焦慮、病痛和怨恨中。

（傳5：13—17）

我的看法是，美好的人生不如在上帝所賜短暫的生命中吃喝，享受在太陽底下勞碌得來的成果，這就是人的命運。如果上帝賜給人產業財富，讓他享受，他就應當接受並享受勞碌的成果。這是上帝的恩賜。既然上帝讓他快樂，他不必因為人生的短暫而憂慮。

（傳5：18—20）

我發現這世上有一件不公平的事重重地壓在人身上。上帝賜給某人的榮譽、財富、產業和他想要的一切，但不讓他享受，卻讓陌生人享受。這也是虛空，也是嚴重的不幸。一個人儘管有上百的兒女，在世長壽，但若他沒有享受，死後不得安葬，即使活了許多歲數，又有什麼益處？我想，一個死於腹中的胎兒也比他還好。胎兒消失在黑暗中，被遺忘了。他沒有見過陽光，沒有知覺，就得到了安息。這比那活了兩千年，卻沒有享受過生命之樂的人強得多。到頭來，他們兩者不是都要歸宿到同一地方去嗎？

（傳6：1—6）

人為著自己的口腹勞碌，都永遠填不滿肚子。聰明人比愚笨人有什麼長處呢？叫窮人知道怎樣跟眾人來往，又有什麼益處呢？眼目所見的比心中渴想得到的雖然更為實際，但這也是虛空，也是捕風。

（傳6：7—9）

已經發生的事是早已命定的，我們知道，人無法跟比他強大的人抗辯。你越抗辯，越覺得無益，對自己也沒有好處。在這短暫、空虛、好像影兒飛逝的人生過程中，誰知道什麼是他最有價值的事呢？誰能告訴他死後這世上會發生什麼事呢？

（傳6：10—12）

我決心求取智慧，智慧離我都很遠。誰能探測生命的意義呢？它太深奧，太難以領悟了。我一心一意要知道，要研究，要尋求智慧，來解答我的疑問；我發現邪惡是無知，愚昧是瘋狂。

（傳7：23—25）

我發現有些女人比死亡更可怕：她的愛情像陷阱，像羅網，她擁抱你的手臂像一條鎖鏈。蒙上帝喜悅的人得以逃脫她的手，但她要抓住犯罪的人。傳道者說：這是我尋求答案時，一點一點地發現的。我想找出其他答案，但找不到。在千名男子中，我可以找到一個可敬佩的，但在女子中，一個也找不到。我所悟出的只有一件事：上帝造的人原是很單純的，但他們卻把自己弄得十分復雜。

（傳7：26—29）

我專心觀察世上發生的事時，看見了一切：一些人有權力，另一些人在他們的壓迫下受苦。我看見邪惡的人死後葬在自己的墳墓裡。從墓地回來，我聽見有人稱讚他們，而他們受稱讚的地方，正是生前作惡的地方。這也是虛空。

（傳8：9，10）

為什麼世人敢這樣大膽地犯罪？因為罪沒有立刻受到懲罰。一個人犯罪百次，仍享長壽。人人都說：「敬畏上帝的人事事亨通，作惡的人無福可言。他們的生命如影兒逝去，他們必夭折，因他們不敬畏上帝。」但是這話簡直荒謬。看看世上發生的事吧：多少時候，義人遭受惡人應受的懲罰，惡人反而得到義人應得的報償。我說，這也是虛空。

（傳8：11—14）

我認為人生應該享樂。因為在太陽底下他所有的樂趣不外吃、喝、享受。這是人在上帝所賜短暫的生命中，勞碌所應得的一點享受。

（傳8：15）

一條活著的狗比一條死了的獅子好。活著的人知道他們會死，已死了的人都什麼也不知道。他們再也得不到報償，完全被人遺忘。他們的愛、恨和嫉妒都跟他們一起死亡。在太陽底下發生的事，永遠不再有他們的份。

（傳9：4—6）

去吧，高高興興地吃飯，快快樂樂地喝酒；因為上帝已經悅納你的工作。要常常歡愉，表現樂觀。在你一生虛空的歲月裡，也就是上帝賜給你在這世上的歲月裡，跟你所愛的妻子快活度日，享受每一個虛空的日子，因為這是你在太陽底下勞碌所應得的份。（傳9：7—9）

我又發現一件事情：在這世上，善於賽跑的人不一定得獎，勇敢的人不一定打勝仗，聰明的人不一定有飯吃，機智的人不一定富有，能幹的人不一定居高位。時運左右一切。人不知道自己的時運，正像鳥被羅網捉住，魚被魚網網著，在預料不到的時候，我們突然陷在厄運中一樣。（傳9：10—14）

不可埋怨君王，連在心裡埋怨也不可。不可批評有錢人，即使在臥室裡批評也不可。空中的飛鳥可能把你的話傳播出去。（傳10：20）

年輕人哪，快活地度過你的青春時光吧！，趁年輕時歡樂吧！隨心所欲地做你喜歡做的事吧！（傳11：9）

不要讓任何事使你煩惱，使你痛苦，因為青春不能常駐，人生是虛幻的。

（傳11：10）

時候將到，那保護過你的手臂要發抖，本來強健的腿要衰弱。你的牙齒只剩下幾顆，難以咀嚼食物。你的眼睛昏花，視線模糊不清。你的耳朵聾了，聽不見街市上的吵鬧。推磨或歌唱的聲音你聽不到，但麻雀一叫，你就醒來。你怕高處，怕走路危險。你的頭髮斑白，精力衰敗，性欲斷絕了，再也不能挽回。

（傳12：3—5）

我們都向看最後的歸宿走去。那時，街上將有哀號的聲音。那時，銀鏈折斷，金罐破裂，瓶子在泉水邊損壞，水輪在井口破爛，塵土仍歸於地，靈仍歸於賜靈的上帝。虛空，虛空，傳道者說，萬事都是虛空。

（傳12：5—8）

〔注〕　本篇格言全部錄自《傳道書》。一般認為，《傳道書》的多數章節表達了虛無主義、悲觀主義和及時享樂思想，既不同於正統的猶太神學，又有別於猶太倫理學，在《聖經》中別具一格。

# ・百議篇・

## 痛苦的經驗能改變人生的方向

〔箴20：30〕

君王若維護窮人的權益，就會有持久的統治。（箴29：14）

一個聰明的統治者善於教導他的百姓，他的政府因此而秩序井然。（便10：1）

君王不可喝酒，不可貪杯。他們喝了酒就會忘記國法，忽略窮苦人的權益。烈酒是給行將死亡、心裡愁苦的人喝的，他們喝了會忘記愁苦和不幸。（箴31：4—7）

君王要聽正義的話，要喜愛說誠實話的人。（箴16：13）

一個沒有教養的國王只會糟蹋他的人民，聰明的統治者卻會使政府日益鞏固。（便10：3）

暴君轄制窮人，有如咆哮的獅子或覓食的熊。（箴28：15）

有公正的統治者就有幸福的人民；若暴君當權，人民只有悲嘆。（箴29：2）

君王秉公行義，國必強盛；貪贓腐敗，國必敗亡。（箴29：4）

君王若愛聽虛偽的話，他的臣僕必定是撒謊者。（箴29：12）

要傾聽窮人的話語，並且以禮相待。要保護人民免受冤枉，作出你的堅定審判。（便4：8，9）

君王的光榮在於人民眾多；沒有人民，他就一無所有。（箴14：28）

缺少謀略，國必衰敗；參謀眾多，國便安全。（箴11：14）

君王不能容忍邪惡，因為政權靠正義堅立。（箴16：12）

所有官吏和所有市民都會向他們的統治者看齊。（便10：2）

正直人掌權人人慶賀，邪惡人統治人人躲藏。（箴28：12）

國有賢明領袖，必然長治久安；國中罪惡充斥，政權將不斷轉移。〔箴28：2〕

愛正義吧，你們這些世上的君王！〔智1：1〕

君王的心無從了解。他的思想像天空一般高，像海洋一樣深，我們無法探測。〔箴25：3〕

君王有誠信公正的統治，他的政權就能持續。〔箴20：28〕

賢明的君王要追究作惡的人，嚴厲地懲治他。〔箴20：26〕

先除去銀子的渣滓，銀匠才能鑄造精純的器皿。先清除君王左右的邪惡參謀，王的政府才能建立在正義的基礎上。〔箴25：5〕

糊塗的使者造成禍害，忠信的使者促進和平。〔箴13：17〕

明智的臣僕蒙君王嘉許，失職的官員卻受懲罰。（箴14：35）

你不可在王面前妄自尊大，想引起王的注意。寧可等人來請你上前，不要使人讓你退後，讓位給比你重要的人。（箴25：6）

正義使國家強盛，罪惡是民族的恥辱。（箴14：34）

暗中送禮可以止息怒氣，用錢賄賂可以抑止烈怒。（箴21：14）

禮物和賄賂甚至能蒙蔽聰明人的眼目，使其看不見真理，作出不公正的評論。（便20：29）

腐敗的法官接受賄賂，他使正義不得伸張。（箴17：23）

你不可控告法官。恐怕他憑藉自己的地位要占上風。（便8：14）

有人視賄賂為萬能，凡有圖謀都可奏效。〔箴17：8〕

當法官的人不可有偏見。如果他判有罪的人無罪，就要受天下人的詛咒和憎恨。〔箴24：23，24〕

賄賂或不義之財不能持久，忠義的家產卻能永存。〔便40：12〕

心存偏私不對，但有些法官竟為了一點點賄賂而枉法。〔箴28：21〕

財富來得越容易，對你的益處越微小。〔箴20：21〕

不要依靠虛假的財富。遇上災難時，財富對你無濟於事。〔便5：8〕

陰間冥府填不滿，人的欲望難滿足。〔箴27：20〕

當你看見有人發財，成為富豪，用不著驚訝。

他死的時候什麼也帶不走，他的錢財不能跟著進墳墓。〔詩49：16，17〕

來路不明的錢財如同在雷雨中暴漲起來的溪流，一時間泥石翻滾，可是隨即就乾涸了。〔便40：13〕

倚靠財富的人，像秋天的落葉；義人繁茂，如夏天的綠葉。〔箴11：28〕

不依靠罪惡的手段而發財致富的人，可算是幸運。你見過這種人嗎？倘若見過，我們真得向他表示祝賀，因為他創造了一個曠古未有的奇蹟。〔便31：8—10〕

商人難免犯錯誤，所有的買賣人都有罪。許多人由於追求財利而犯罪。如果你想發財致富，就得閉上自己的眼睛。〔箴26：28；27：1〕

借債造居無異於自壘墳墓。〔便21：8〕

囤積居奇的人，要受詛咒；樂意售糧的人，人人讚揚。〔箴11：26〕

如果你為了斂財，便節衣縮食，那不過是為別人斂財罷了。別人將會用你的錢財吃喝玩樂。（便14：4）

你不可超越自己的財力給人擔保債務。你必須準備替這種擔保還債。（便：8：13）

靠高利貸剝削他人致富的，他的財富終必流入那體恤貧窮者的手中。（箴28：8）

酒能使人快活，錢能叫萬事應心。（傳10：19）

整天宴樂，必然窮困；吃喝無度，怎能富足？（箴21：17）

如果你喝酒適時適量，酒便會使你提神，使你心情愉快。但是如果你在生氣和愁悶時飲酒，酒也會使你頭痛、煩惱和慚愧。喝醉酒會使人頭腦發熱，甚至自殺。（便31：28—30）

如果你喝酒適度，醉會向你注入新的生命。倘若沒有酒，生活還像個樣子嗎？酒被造出

來，就是為了我們的快樂。〔便31：27〕

不要以海量豪飲來逞英雄。酒已使許多人陷入毀滅。〔便31：25〕

酒和女人往往會使聰明人做出糊塗事。〔便19：2〕

淡酒使人怠慢，濃酒使人發狂，酗酒是多麼不智之事。〔箴20：1〕

誰酗酒，誰嘗遍各色的美酒，誰就會過悲慘的生活，為自己哀嘆，常常陷入紛爭，不斷遭人埋怨。〔箴23：29〕

不要酗酒，那是會敗壞人的。〔弗5：18〕

音樂在酒會上，如同紅寶石鑲在金子上。優美的音樂加上美酒，等於金鑲祖母綠。〔便32：5，6〕

一個證人不可以定人的罪。至少要有兩個以上的證人，才可以定人的罪。（申19：5）

懶惰人難償所願，勤勞人得慶有餘。（箴13：4）

如果一心等待風調雨順才耕作，你就永遠無法撒種，無法收割。（傳11：4）

勤勞的手必然掌權，懶惰的人須服苦役。（便12：24）

勤勞致富要比空話餓肚強得多。（便10：27）

懶惰人不能如願以償，勤勞人卻能廣積資財。（箴12：27）

不要逃避農田勞動或其它累活，這是至高者賜給我們要做的工作。（便7：15）

不要找懶惰人替你做事，他像倒牙的醋和熏目的烟，使你煩躁。（箴10：26）

勤於耕作的農夫食用無缺，追求虛幻的人愚不可及。（箴12：11）

懶惰人遍地荊棘，誠實人海闊天空。（箴15：19）

少種的少收，多種的多收。（林後9：6）

勤勞的農夫糧食充足，浪費光陰的人難免貧窮。（箴28：19）

不勞而獲的財物，瞬息耗盡；勤勞累積的財富，日日增加。（箴13：11）

沒有牲畜耕犁，何來穀物；有了牲畜耕犁，穀物增多。（箴14：4）

重視作夢的人如同捕風捉影者一樣。你在夢中所見的一切，還不如鏡中的面影來得真實。虛幻不能產生真實，就像骯髒不能產生清潔一樣。（便34：2—4）

夢境使許多人誤入歧途。相信夢境，只能使人失望。（便34：7）

夢境、占卜、觀兆，統統是毫無意義的。你在其中所見到的，僅僅是你所希望看見的。〔便34：5〕

一個虔誠的人，即使不怎麼機靈，也比一個最聰明的壞人好得多。特別聰明的人可能並不忠實，也許會不擇手段地為所欲為。〔便19：24，25〕

如果你遇見仇敵的牛或驢迷了路，要帶去交給他。如果仇敵的驢負重跌倒，要幫他把驢拉起來，不可走開。〔出23：4，5〕

如果一個富人做了件錯事，許多人會來包庇他，替他的謊言開脫罪責。如果一個窮人做了錯事呢？他所得到的只能是責難。即使他的話語包含著善意，也無人肯聽。〔便13：22〕

有時表面看來是占了便宜，實際上部付出了極大的代價。〔便20：12〕

感情上的傷痕比什麼傷痕都重。婦人惹起的麻煩比什麼麻煩都令人頭疼。仇人加給的磨難比什麼磨難都難熬。敵人的報復比什麼報復都凶狠。（便25：13，14）

冒烟是著火的前奏，辱罵是動武的前奏。（便22：24）

燃料越多，火就越旺。成見愈深，爭吵就愈烈。一個人身體越壯，或是錢財越多，脾氣就越大。（便28：10）

我們為死者哀悼七天，可是笨蛋和惡人都要令人悲痛一輩子。（便22：12）

有兩件事使我悲傷，第三件事使我憤怒：戰士陷入貧窮，學者不受尊重，義人改善從惡。（便26：28）

得樂且樂。陰間對人來說毫無快樂可言。（便14：16）

弄蛇的人，先被蛇咬了，還弄什麼蛇呢？（傳10：11）

具有聰明的頭腦方可接受教育。但自作聰明的人只會給別人帶來災難。〔便21：12〕

不要企圖取悅於每一個人，或者同意人家所說的每一件事。〔便5：10〕

沒有人知道將來的事，也沒有人能告訴他死後會發生的事。〔傳10：14〕

有人假裝富有，其實一貧如洗；有人裝作貧窮，卻是腰纏萬貫。〔箴13：7〕

斧頭鈍了不磨，就得費更大的力氣。〔傳10：10〕

希望破滅，心靈隨之破碎；願望實現，心裏充滿生機。〔箴13：12〕

年輕人哪，還有一件事應該留意。著作是沒有窮盡的，讀書過多會使你精神疲乏。〔傳12：12〕

心裡的苦悶，別人不能分擔；心裡的喜樂，別人無法分享。〔箴14：10〕

世上沒有人能時時行善而從來不犯錯的。〔傳7：20〕

笑逐顏開使人喜樂，好消息使人心曠神怡。〔箴15：30〕

不要問：「為什麼往昔的日子比現在好？」這不是一個明智的問題。〔傳7：20〕

集思廣益事必成功，不加籌劃事必失敗。〔箴15：22〕

事情的終局，勝過開端。〔傳7：8〕

最小的火，能點著最大的樹林。〔雅3：5〕

飽足的人拒絕蜂蜜，饑餓的人連苦澀的食物也覺得甘甜。〔箴27：7〕

不能為了給別人讓路而損害自己；不能因為放棄權利而給自己帶來毀滅。遇上機會時不能躊躇不言。不要隱藏你的智慧。（便4：22，23）

人在世上，好像被迫當兵一樣，天天過著負重的生活，像奴隸渴慕著休息，像雇工等待著酬餉。（伯7：1，2）

不要為明天誇口，因為你連今天所要發生的事還不知道。（箴27：1）

貧窮人不至於永遠被遺忘，被壓迫者的願望不至於長久受挫折。（詩9：18）

挖陷阱的，自己掉了進去；輥石頭的，輥在自己身上。（箴26：27）

我們生來軟弱，過著短暫、患難的生活。
我們像花草一樣生長、凋謝；像影兒一樣悄然逝去。（伯14：1，2）

托愚昧人傳遞消息，無異於砍斷自己的腳，自找麻煩。（箴26：6）

人未到，先聞其美名；雷未到，先見其閃電。（便32：10）

土地出產糧食，地底下有火翻騰。

地下的石頭蘊藏著藍寶石，塵土中含有金沙。（伯28：5，6）

聽見料想不到的好消息，正像口渴時喝了一杯涼水。（箴25：25）

正如江河停止奔瀉，湖泊乾涸無水，人死後就不能復生。

即使天地荒廢，他們也無法蘇醒，無法從長眠中醒來。（伯14：11，12）

有錢人隨時有新朋友，貧窮人連僅有的朋友也保不住。（箴19：4）

長眠地下強如病魔纏身。（便30：17）

貧窮人的懇求低聲下氣，有錢人的回答聲色俱厲。（箴18：23）

如果你壓根兒不想還給人家，那就乾脆不要伸手去借。（便4：31）

富有的人要像野花一樣凋謝。烈日一出，熱風一吹，草木枯乾，花朵凋謝，所有的美就全部消失。富有的人終生忙忙碌碌，最終也會像花草一樣，枯乾凋謝。（雅1：10，11）

離群索居的人往往只關心自己，別人以為對的事，他總要反對。（箴18：1）

不可一日自尋煩惱。無論你想幹什麼，只要合法，就趕快幹吧。（便14：14）

若一國自相紛爭，那國就站立不住；若一家自相紛爭，那家就站立不住。（可3：24，25）

一個追求知識的學者必須有學習的時間，必須從諸般事務中擺脫出來。（便38：24）

健康的人用不著醫生，有病的人才用得著。（可2：17）

一個人可能會教育別人，但卻往往不能教育自己。

〔便37：19〕

願含淚撒種的人含著笑收割莊稼！

願流著眼淚攜帶種子出去的人，歡呼快樂地抱著禾捆回來！

〔詩126：5，6〕

# 附錄：語典筆畫索引

## 一畫



## 二畫



## 三畫



## 四畫

## 五畫

## 六畫

## 七畫

## 八畫



## 九畫

## 十畫

## 十一畫

十二畫



十三畫



十四畫

## 十五畫

十六～二十畫



二十一畫以上

國家圖書館出版品預行編目資料

聖經大智慧／林郁 主編　二版，新北市，
新視野 New Vision，2021.02
面；　公分 --
ISBN 978-986-99649-6-8（平裝）
1. 聖經研究

241.01　　109018961

# 聖經大智慧

主　　編　林郁
出　　版　新視野 New Vision
製　　作　新潮社文化事業有限公司
電話 02-8666-5711
傳真 02-8666-5833
E-mail：service@xcsbook.com.tw

印前作業　東豪印刷事業有限公司
印刷作業　福霖印刷有限公司

總 經 銷　聯合發行股份有限公司
新北市新店區寶橋路 235 巷 6 弄 6 號 2F
電話 02-2917-8022
傳真 02-2915-6275

二版一刷　2021 年 4 月